꽃들은
검은 꿈을
꾼다

꽃들은
검은 꿈을
꾼다

윤구병 산문

보리

꽃들이 빚는 하늘의 꿈

감각이 문을 닫을 때 꿈의 세계는 문을 연다. 감각의 문이 닫히면 어둠이 찾아든다. 눈도 귀도 코도 혀도 살갗도 의식도 잠이 든다. 잠이 끌어당기는 이 깜깜한 밤에 꿈은 문을 연다. 이 열린 문틈으로 낯선 모습들이 나타난다. 꿈결 속에서는 깨어 있을 때 알지 못했던 것, 알고 싶어 하지 않았던 것, 감추고 싶었던 것들이 맨낯으로 드러난다.

꽃도 꿈을 꿀까? 그 꿈은 어떤 빛을 지니고 있을까?

꽃들은 하늘을 바라 피어난다. 가끔 고개를 돌리고 딴청을 피우는 꽃들도 그 눈길을 따라가면 먼 하늘을 보고 있다. 하늘은 빛이 오는 곳이기도 하지만 어둠이 오는 곳이기도 하다. 빛에는 갖가지 결들이 담겨 있다. 살아 숨 쉬는 온갖 것들의 살갗에 와 닿는 빛살 속에는 사람의 눈을 벗어나는 것도 있다. 우리가 넘보라살(자외선), 넘빨강살(적외선)이라고 부르는 헤아릴 수 없는 살들이 어둠에 잠겨 있다. 사람 눈이 가려보는 빛살은 얼마나 적은가. 우리는 얼마 안 되는 그 빛의 테두리 안에 갇혀 산다. 그리고 몇 가지 안 되는 그 빛 누리를 온 누리로 알고 있다.

이미 우리는 알고 있다. 우리 눈에 비치는 빛깔들이 되쏘임에 지나지 않음을. 어떤 것도 저에게 있어야 할 것, 받아들여야 할 것을 마다치 않는다. 되쏘지 않고 고즈넉이 받아들인다. 꽃들이라 해서 다르지 않다. 받아들이는 빛깔이 되쏘는 빛깔보다 훨씬 더 많다.

받아들인 빛살은 감추어진다. 어둠 속에 잠긴다. 속살을 이룬다. 우리가 배운 바에 따르면 온갖 빛살을 오롯이 다 받아들여 하나도 되쏘지 않는 것은 검다. 검음은 해도 달도 별도 없는 하늘빛이다. 하늘을 '검'이라고 일컬었던 우리 옛 어른들. 푸른 하늘은 하늘의 제 빛이 아니고 햇빛이 사이에 들어 그렇게 보일 뿐이라고 여겼던 분들. 그래서 해가 지면 '땅거미'가 짙어진다고 믿었던 이들. 그 이들은 잘못된 낱말을 빚어 함부로 쓰지 않았다.

빛이 들지 않는 깜깜한 어둠 속에 깊이 뿌리를 내리고 하늘을 바라 움 돋고 피어나는 저 갖가지 꽃들은 제 삶에 도움이 되는 빛깔은 되쏘지 않는다. 모두 받아들여 살 속에 감춘다. '나는 이 빛깔 없어도 살 수 있어요. 이 빛깔은 다른 이들 삶에 도움이 될지도 몰라요. 되돌려 드려요.' 꽃에게 말을 시키면, 우리가 꽃 말을 알아들을 수 있다면, 꽃은 되쏘는 빛깔 속에 이런 말을 담았을지도 모른다.

꽃들은 되비추는 빛깔을 뺀 온갖 빛살을 안으로 모아 검은 꿈을 빚는다. 그것은 하늘의 꿈이다. 그 꿈속에서 열매를 맺는다. 꽃이 향기로운 것은 그 안에 다른 이들의 먹이로도 내줄 열매를 감추고 있기 때문이다.

윤구병

차례

삶

1장

머리와 가슴 안에 가득한 모순

평화

2장

내가 흐느껴 우는 까닭

우리 말

3장

가시버시 손잡고 가는 길

아이들

4장

죽어 가는 교실 안의 십자가여!

생명

5장

한 그루 나무에 일렁이는 마음

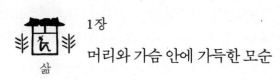

1장

머리와 가슴 안에 가득한 모순

삶

서울과 변산을 오가는 마음

저는 서울에서 아내를 맞았습니다. 아이 둘도 서울에서 태어났습니다. 제 선택이었습니다. 우리 아버지가 바라셨던 대로 까막눈 농사꾼이 되었더라면 비록 헐벗고 굶주리고, 아이들도 그냥 농사꾼 처지를 대물림하기 십상이었겠지만, 죄 덜짓고 남을 먹여 살리는 일에 힘쓰는 삶을 살았겠지요.

우리 땅 북녘을 가장 닫혀 있고, 가장 굶주리고 헐벗은 이들이 살고 있고, 밤이 깜깜한 땅인데다 사람들 얼굴 표정도 가장어두운 데라고 말하는 이들이 있는 것으로 알고 있습니다.

그러나 이렇게 생각해 보면 안 될까요? 지금 밤이 대낮 같고가장 열려 있고 가장 배불리 먹고 등 따시게 살아서 사람들 얼굴 표정도 가장 밝은 데로 알려져 있는 미국은, 지금 남한테 주는 것보다 내 것을 알아서 쓰는 일에 가장 앞장선 곳인데다 이세상 곳곳에서 전쟁을 벌이거나, 벌이라고 부추겨 무기를 내다 팔지 않으면 살 수 없는 가장 죄 많은 나라라고요.

거기에 견주면 북녘은 물질 에너지를 가장 덜 쓰고, 스스로바라서 그랬든 어쩔 수 없이 그랬든, 무엇이든 아끼고 살 수 밖에 없어서 밤도 가장 깜깜하고 공장 굴뚝에서 내뿜는 매연도자동차 배기가스도 형편없이 적어, 그 결과만 놓고 보면 아직까지는 온 세상 생태계를 가장 덜 오염시키고, 베트남이나 아프가니스탄 같은 곳에 전쟁 물자나 군대를 보내서 남이 사는 땅을 쑥대밭으로 만들거나 죄 없는 부녀자를 죽이지 않으니 가장 죄를 덜 짓고 지내는 나라 가운데 하나라고요.

변산에서 농사짓다가 어쩔 수 없이 서울에 있어야 하는 시간이 찾아올 때면 저 개인으로는 고통스러운 순간이 많습니다. 그나마 민족의학연구원을 설립하는 데 힘을 보태고, 여기에서 '문턱없는밥집'을 열어 도시 서민들이 유기농 음식을 눅은 값으로 맛볼 수 있게 하고, 무엇보다 점심때는 고춧가루 한 톨도 남기지 않는 '밥그릇 깨끗이 비우기' 운동을 벌여 날마다 많은 분들이 함께하고, 그냥 버리는 물건 되살려 쓰는 일에도 관심을 갖도록 곁에서 거든 것이 보람이라면 보람입니다.

그래도 물과 함께 씻어 내보낼 수밖에 없는 똥오줌, 막걸리를 마셔도 생길 수밖에 없는 플라스틱 병 같은 자질구레한 생태 오염과 환경 파괴를 비롯해 제가 앞장서 저지를 수밖에 없는 일들이 마음을 불편하게 합니다. '빈손으로 왔으니, 빈손으로 가야지.' 하고 다짐한 지 꽤 오래됐건만, 뒤에 남기는 게 죄지은 흔적뿐인 것 같아 씁쓸한 느낌이 들어요. 도시에서 뒤치다꺼리할 일이 조금 남아 있어서 당장 다 걷어치우기는 힘들지만, 자연 앞에 더는 부끄럽지 않게 살고 싶네요.

부끄러운 손톱

손톱이 자랍니다. 부쩍부쩍 자랍니다. 부끄럽습니다.

제가 농사짓고 살아갈 때는 손톱이 자랄 틈이 없었습니다. 흙을 파고, 씨앗을 묻고, 우리가 심은 낟알이나 남새가 자라기에 앞서 싹 트고 자라는 들풀을 없애려면 손톱 자랄 틈 없이 땅을 파헤쳐야 하고, 그러다 보면 손톱은 저절로 모지라져 깎을 필요가 없었습니다.

그런데 도시에 나오면 머리만 쓰게 되고 손발 놀릴 틈이 없습니다. 손 놀려 하는 일이 없으니 손톱이 열흘이 멀다 하고 부쩍부쩍 자라서 그 사이에 때가 낍니다. 몸에도 때가 덕지덕지 않아 사흘을 못 견디고 씻어야 합니다.

우리가 자연의 품 안에서 자라던 시절, 몸을 불려 때를 벗겨내던 때는 한 해에 한 번 설을 맞기 바로 앞서였습니다. 그전에는 따로 '목욕'을 하지 않았습니다. 그냥 한여름에 맑은 시냇물에 풍덩 몸 던져 멱을 감으면 그만이었지요. 샘물을 등에 부으며, "어이구, 시원해. 어이구, 시원해!" 하면서 여름을 났습니다. 그래도 몸에서 나는 냄새 걱정하지 않았고, 더럽다는 소리 안 들었습니다.

그런데 냇물은 더럽혀지고, 샘물 긷는 두레박 대신에 수도꼭지가 나타나면서 서양식 '샤워'가 '위생'으로 둔갑하고, 하루걸러 머리 감고 날마다 몸을 씻어야 하는 게 마땅한 걸로 아는 버릇이 생겨났습니다.

수십만 년을 두고 아무렇지도 않았던 삶이 갑자기 '미개'하고 '원시적'으로 여겨지고, 지난 백 년 동안 이루어진 '현대화'한 삶이 가장 '인간다운' 삶으로 발돋움했습니다. 그래서 한비야가 어느 책에서 아프리카를 돌아다니는 동안 물 한 주전자로 손발 씻고, 몸도 씻고, 빨래도 했다는 말이 부럽고 부끄럽게 들리기는커녕, 그걸 견뎌 낸 사람이 별나고 대단한 것으로 여겨졌습니다.

과연 그럴까요? 물만 있으면 바퀴벌레는 여섯 달 남짓한 삶가운데 석 달을 굶어도 죽지 않는다고 합니다. (날개 달린 성충을 이야기합니다.) 그렇게 소중한 물을 펑펑 쓰면서도 고마운 줄모르는 사람들한테 물은 어떤 뜻을 지니고 있을까요?

물과 공기, 땅을 더럽힐 대로 더럽혀 우리 아이들한테 온전한 삶터를 남겨 주지 못하는 어른들이 어떤 장밋빛 미래를 이야기해도 저는 믿을 수 없습니다.

그 죄를 누가 앞서 저질렀나요? 바로 접니다. 일흔 넘은 우리가 저지른 짓입니다. 그래서 저는 저 아닌 다른 누구도 탓할수 없습니다. 잘못했다고 고개 숙여 비는 수밖에요. 하지만 빈다고 더럽혀진 땅이, 물이, 공기가 저절로 맑아질까요? 아닙니다. 되살려야 하고 되살리려고 애써야 합니다.

시골에서 농사지으며 사는 이들, 시골로 가서 땅도, 물도, 공기도 살리는 자연농, 유기농을 하려는 이들. 이 땅에 밝은 앞날을 여는 이분들에게 살길을 열어 주어야 합니다. 이분들이 살길이 없으면 먹을 것, 입을 것, 잠자리를 마련해 주는 자연에게도 살길이 없고, 그러면 인류에게도 미래가 없습니다.

사람끼리 살길을 찾을 수 있다고 믿는 이들에게는 미안한 말이지만, 저나 당신들은 '기생충'일 뿐입니다.

가난의 힘

　우리가 어렸을 때는 가난은 살아가는 일, 바로 그것이었습니다. 지주 자식이나 일본 제국주의자들에게 빌붙어 관리나 순사질을 하던 사람들이나 미군에게 알랑거려 구호물자를 빼돌릴 처지에 있는 몇몇 사람을 빼고는 누구나 힘겨운 보릿고개를 넘어야 했고, 이삼십 리 떨어진 학교 길을 책보자기 비껴 맨 채 터덜터덜 몇 시간씩 걸어야 했습니다. 요즈음 예순이 넘은 정치인들 가운데 열에 여덟아홉이 그런 처지에서 어린 시절을 보냈으니, "나는 가난한 서민의 자식이었다." 하고 내세우는 정치인이 있다면, 거짓말은 아니로되 낯간지러운 고백일 수 있겠습니다.

　물론 저도 가난한 어린 시절을 보냈습니다. 얼마나 가난했느냐고요?

　일본 제국주의 시절에 면장 노릇을 하던 집 큰며느리가 낳은 아이를, 하루 종일 업어 주고 재우고 하면서 밥 세끼 얻어먹는 애 보기 머슴살이를 제 나이 열 살 때가 채 안 되어 할 만큼, 또 입 하나 덜려고 그나마 세끼 밥 얻어먹을 수 있는 큰형수 시골 친정집의 꼴머슴으로 가 있어야 할 만큼, 그리고 무엇보다도 남들은 다 다니는 초등학교(그때는 국민학교)에 네 해 동안이나 다닐 수 없을 만큼 가난했지요. 먹어도 먹어도 허기가 가시지 않아 목구멍까지 음식이 가득 차서 나중에는 게워 내야 하

지금 생각해 보면
그 가난이 제 삶의
밑천이었습니다.

는 '허천병'이라는 것에 걸려 꽤 오래 손가락질을 받을 만큼 가
난했습니다.

지금 생각해 보면 그 가난이 제 삶의 밑천이었습니다. 가난
속에서 온종일 쑥을 뜯어 보리 바숨과 버무린 쑥개떡을 먹으
면서 강인한 체력을 기를 수 있었고, 학교에 가서 하루 종일 딱
딱한 의자에 궁둥이를 붙인 채 선생님의 입과 손만 쳐다보고
있는 대신에 산과 들과 강가를 쏘다니면서 제 삶의 시간을 저
스스로 통제하는 법을 배웠습니다. 다시 말해서 사람의 아이
로 크는 데는 더뎠을지 모르나 자연의 아이로 크는 데는 더없
이 좋은 어린 시절을 보낸 셈이지요.

제 배 속은 어지간한 것은 다 받아들이는 넉넉한 밥통으로
단련되어 갔습니다. 송기, 삘기, 찔레 순, 띠 뿌리, 맹감, 정금,
수영, 괭이풀, 아까시, 진달래꽃, 도라지, 더덕, 수숫대, 옥수
숫대, 야생 갓꽃…….

아프가니스탄의 탈레반 무장 세력이 십 년 가까이, 세계에
서 제일 힘이 세다는 미국을 비롯한 이른바 66개국 연합군 세
력의 침략에 맞서 지지 않고 꿋꿋하게 버틸 수 있는 힘은 어디
에서 나오는 걸까요?

그 힘은 풀뿌리를 먹고도 목숨을 유지할 수 있고, 얇은 여름
옷으로 한겨울 추위를 이길 수 있는 굶주림과 헐벗음에서 나

옵니다. 그리고 굳이 힘센 나라 말을 배우지 않고도, 또 그 나라의 문물을 받아들이지 않고도 가난하지만 당당하게 살 수 있는 자신감에서 나옵니다.

무엇보다도 가난의 힘은 물질문명에 의존하지 않고 생체 에너지에만 기대서도 살아남을 수 있는 그 깨끗하고 죄 없는 삶에서 나옵니다.

돈놀음과 품앗이

제가 사는 변산에서 공기는 공짜입니다. '희소 자원'이 아니기 때문에 값이 없습니다. 물도, 햇볕도, 걸어 다니는 흙길도 마찬가지입니다. 모두 공짜입니다. 그래서 시장경제를 떠받드는 사람들은 한목소리로 말합니다.

"그런 건 '경제가치'가 없어."

사고팔 수 있어야 '상품 가치'가 생깁니다. '시장경제'에 편입되어야 '상품'이 됩니다.

공기가 더러워지면 사람들은 맑은 공기를 찾습니다. 맑은 공기는 상품이 됩니다. 물은 이미 값비싼 상품이 되었습니다. 마실 물이 더러워졌기 때문입니다.

시장경제는 이렇게 공짜로 누리던 것을 더럽히고 망가뜨려 상품으로 바꿉니다. 조류독감이 돌면 병원에 사람들이 떼 지어 몰려 갑니다. 이 '의료 행위'는 '국민소득'을 올립니다. 지진으로, 쓰나미로 한 마을이 쑥대밭이 됩니다. 하루아침에 모든 게 망가져서 못 쓰게 됩니다. 그리고 그것을 치우는 일은 '경제 활동'이 됩니다.

더 재미있는 보기를 들까요?

엄마 다섯이 둘러앉아 저마다 제 아이에게 젖을 먹입니다. 사랑이 담뿍 담긴 눈으로 젖 빠는 아이를 내려다봅니다. 이 일은 즐겁고 보람 있는 일입니다. 힘이 드는 일이기도 합니다.

이 일을 경제활동으로, 돈벌이로 바꾸는 일은 간단합니다. 다른 엄마에게 제 자식 맡기고, 다른 젖먹이에게 제 젖을 먹이면 됩니다. 그러면 너도나도 '젖어미'가 됩니다. 이 순간에 아이 젖먹이기는 '노동'이 되고 시장경제로 편입됩니다. 그 대가로 돈을 받을 수 있습니다. 젖먹이 아이는 사랑스러운 '내 새끼'가 아니라 돈벌이용 '남의 자식'으로 바뀝니다.

이것이 시장경제의 감추어진 얼굴입니다. 온 세상 구석구석에 돈이 산더미처럼 쌓여 있습니다. 돈벌이만 된다면 이 돈은 빛의 속도로 온 세계를 누빕니다.

먹을 것, 입을 것, 잠자리를 마련하고 주고받는 데 쓰이는 돈은 이 가운데 1퍼센트도 안 됩니다. 나머지 99퍼센트 이상은 모두 주식시장이나 증권시장 같은 데서 도박 자금으로 쓰입니다. 그리고 돈이 돈을 땁니다. 마침내 그 돈은 모두 1퍼센트 손으로 들어갑니다.

이 1퍼센트가 부추기는 '돈놀음'을 그만두지 않으면 나머지 99퍼센트는 살길이 없습니다. 이 돈놀음에 우리 아이를 상품으로 내놓지 않을 길이 없을까요?

우리 집 살림, 마을 살림을 돈에 맡기지 않고도 살길을 찾읍시다. 서로 도와 가면서, 일손을 주고받으면서 우리 힘으로 살길을 찾읍시다. 그러려면 서로 '품앗이'를 해야 하겠지요. 먹고, 입고, 자고, 아이 기르고, 살림에 꼭 필요한 돈만 남기고 그 나머지 돈은 모두 없애는 길도 있겠지요.

아이와 부모가 여기저기로 뿔뿔이 흩어집니다. 나라 살림이 하루아침에 거덜 납니다. 핵무기가 쌓이고 전쟁이 그칠 날이 없습니다. 모두 돈이 시키는 일입니다.

1퍼센트가 돈에 기대 망가뜨리는 세상을 99퍼센트가 바로잡을 길이 없을까요? 그러려면 먼저 이른바 시장경제라는 야바위 놀음판을 없애야겠지요. 서로 일손을 내어 품앗이하는 길도 돈에 기대지 않고 사는 길 가운데 하나겠지요.

변산공동체를 찾아온 남다른 손님

오랜만에 한강으로 나들이를 갔습니다. 서울에서는 새벽에 일어나면 달리 할 일이 없으니 걷고라도 싶은데, 눈이 많이 내려 곳곳이 얼어서 발길이 여간 조심스럽지 않습니다. 나이 드신 아버지가 얼음판에 미끄러져 넘어지신 뒤로, 엉치뼈가 부서져 오랫동안 제대로 걷지 못하고 누워만 계시다 돌아가신 기억이 제 머리나 가슴 어디에 가시처럼 박혀 있지 싶습니다.

한강에는 살얼음이 깔려 있었습니다. 어젯밤 꽤 추웠나 봅니다. 천천히 걸으면서 며칠 전에 변산을 찾아왔던 손님들 생각을 했습니다.

지난주에 변산공동체에서 손님 세 분을 뵈었습니다. 다섯 살 난 아이 한 분과 여자 어른 두 분. 그 가운데 두 분은 아주 남다른 분들이었습니다.

쉰 넘은 나이보다 겉늙어 보이는 어머니와 어린 딸. (길 나서면 사람들이, "아유, 손녀딸 참 앙증스럽네요." 하고 인사하는데 아이가, "엄마, 엄마." 해서 난처했던 적도 더러 있었답니다.) 어머니 세례명은 막달레나랍니다. 예수가 부활해서 그 앞에 맨 처음 나타났다는 여자 이름이랍니다. (아마 하도 가난해서 몸밖에 팔 게 없었던 여자였지요?)

제가 오늘 절두산 성당에서 끌어안은 치마저고리 차림의 마리아처럼, 성령이 잉태하여 낳은 아이를 제 손으로 받아 제 딸로 삼은 이 나이 든 '포주'(용서하시기를! 열다섯 해 가까이 몸 파는 여자들과 함께 지내는 사이에, 명문대를 나와 줄곧 아이들을 돌보는 일을 하다가 영국 유학도 다녀오고, 남편도 버젓하고, 아이도 군대에 보낸 이 아주머니를 젊은 마리아 막달레나들은 그냥 조금 마음 여린 포주로 여긴답니다.)는 돌보던 여자들에 곁들여 그이들이 낳은 아버지 없는 아이들까지 하나하나 거두어 기르고 있답니다. 오 년 만에 아들딸이 올망졸망 열 명으로 늘었는데, 곧 태어날 두 아이도 기다리고 있다고 하네요.

한겨울인데 덧신도 신지 않고 맨발인 이 어머니는 대도시에서 '거리의 여자'들과 그이들이 낳은 아이들을 이웃으로 두고 싶어 하지 않는 '바리새 여자'들 등쌀에 못 이겨 열한 번이나 쫓기다시피 이사를 다녔다더군요.

제게는 마더 테레사로도 보이는 이 포주 막달레나가 변산을 찾은 까닭은, 이제 부쩍부쩍 자라는 이 아이들을 구김살 없이 뛰놀게 할 따뜻하고 안전한 보금자리가 필요했기 때문입니다. 차가운 눈길과 인정머리 없는 손가락질 받지 않고, 만나는 어른마다 아버지, 어머니로 불러도 스스럼없는 곳. 그런 곳을 찾아 하룻밤에도 마음으로 수천, 수만 리 길을 헤매는 이 늙은 어미의 아픔이 제게도, 우리 공동체 식구들에게도 얼얼하게 바늘 끝처럼 부딪쳐 왔습니다.

"그래요. 같이 삽시다."

"수천 명이 몰려올지도 모르는데요?"

"길이 있겠지요. 여기서 어른들은 아웅다웅, 티격태격하면서도 그사이 아이들이 깔깔대고 앙앙대는 모습으로 마음껏 행복을 누릴 수 있다면, 다른 사람들도 조금씩 곁을 주고, 그러면 이분들에게 문을 여는 삶터가 늘겠지요."

이래저래 변산공동체에 식구들이 부쩍부쩍 늘어날 것 같습니다.

고무신 할배의 꿈 이야기

투명 옷과 투명 망또

어느 날, 버리거나 못 쓰게 된 물건들을 가져다 되살리는 '되살림 가게'에 갔습니다. 그 가게를 지키는 고운 분이 저한테 '투명 옷' 하나를 줍디다. 누가 기증했대요. 얼씨구나 했지요. 저는 그 옷을 입고 근처에 있는 빵 가게에 가서 먹고 싶은 빵을 이것저것 닥치는 대로 먹었어요. 사흘 굶은 처지에 무엇인들 못 하겠어요. 그러고 나니 배가 불러서 빵 가게 문을 열고 나오려는데 주인이 저를 붙들데요.

'어, 투명 옷을 입었는데 어떻게 내가 훔쳐 먹는 걸 알아보았지?'

저는 어안이 벙벙해졌어요. 그래서 내 옷소매를 붙든 그분한테 물었지요.

"제가 보여요?"

"보여."

"어떻게 하시려고요?"

"돈을 받거나, 경찰을 불러야지."

"돈이 없는데요."

"그럼 경찰서에 가야지."

"그다음에는 어떻게 되는데요?"

"경찰에서 검찰로 넘어가겠지."

"그다음에는요?"

"재판을 받고, 감옥에 가겠지."

듣고 보니 황당하데요. 그래서 웃으면서 그분한테 이렇게 따졌어요.

"에이, 아저씨도. 온 세상이 지켜보는 가운데 수백억 수천억을 꿀꺽하는 사람도 검찰에서 본척만척한다는데, 그 사람들이 할 일이 없어서 저같이 배고파서 빵 몇 개 훔쳐 먹은 사람을 붙들어 가겠어요?"

그랬더니 그분이 혀를 끌끌 차데요.

"아, 이놈아. 그렇게 나라를 들어먹는 놈들은 '권력'이라는 진짜 투명 망또가 있어. 네 텅 빈 배까지 훤히 보여 주는 그 같잖은 투명 옷 말고……."

그래서 어떻게 되었느냐고요? 어떻게 되긴 어떻게 돼요. 절도죄에다가 이 잘사는 나라에서 '배고프다.'는 유언비어를 퍼뜨려 국격을 손상시켰다는 불온죄까지 뒤집어쓰고 감방 안에서 썩고 있는 중이쥬.

이 이야기는 횟술을 잔뜩 마시고 억병으로 취해서 쓰러져 자다가 꾼, 늙은 고무신 할배의 꿈입니다.

저승 '소 우리'에 갇힌 소

염라대왕에게 면담 신청이 들어왔습니다. 저승 감방지기가 머리 흐물흐물한 귀신 하나를 데리고 나타나자 면담이 시작되었습니다. "어디서 살다 왔나?" "영국이요." "왜 불려 왔어?" "못 먹을 고기 먹다가요." "그 고기 이름이 뭔데?" "광우병 걸린 소고기요." "그래서 머리가 그렇게 흐물흐물 녹아내렸다는 말이지?" "예." "그런데 나한테 볼일이 뭐야?" "저, 여기 저승에 온 게 너무 억울해요. 소식을 들으니, 나를 이렇게 만든 소 귀신이 이 저승 소 우리에 갇혀 있다더라고요. 그 소 만나서 따져야겠어요." "따지긴 뭘 따져?" "제가 저승에 올 때가 아닌데 왔거든요. 노부모 모시고, 학교 다니는 애들이 셋이나 되는데 제가 여기 오고 나서 우리 집 거덜 났어요."

딱하게 여긴 염라대왕이 소 우리지기에게 그 소를 찾아 데리고 오게 했습니다. 머리에 구멍이 숭숭 뚫린 소가 힝힝거리면서 들어오니 염라대왕이 대질을 시켰습니다. "너, 이 사람 죽인 거 맞아?" 소가 눈을 꿈쩍꿈쩍하다가 풀 죽은 소리로 말했습니다. "어쩌다 그렇게 됐구먼유." "어쩌다라니?" "글쎄, 염라대왕께서 아시다시피 우리 가문이 대대로 채식주의자 가문이 아닙니까? 그런데, 이 인간들이 우리를 빨리 살찌워서 빨리 잡아먹으려고 온갖 항생제, 호르몬제가 뒤범벅된 유전자

조작 콩을 먹이다가 그것도 모자라 백혈병 걸려 죽은 닭고기, 폐렴 걸려 죽은 돼지 뼈다귀, 심지어 햇빛이 들지 않는 소 우리에 앉지도 못하고 서서 지내느라 관절염 걸려 죽은 우리 새끼, 부모의 똥오줌 고름 범벅이 된 몸뚱이까지 갈아서 우리에게 먹이기 시작한 거예요. 그래서 옛날에는 스물다섯 해도 더 살면서 넓은 풀밭에서 채식을 즐기며 농사짓는 사람들의 착한 벗 노릇을 하던 우리가 어느 날부터 난데없는 육식주의자로 바뀌어 세 해를 못 넘기고, 도살장에 끌려가 이곳으로 직행하게 되는데 억울하더라고요. 그래서 내 몸에 함께 살던 박테리아랑 바이러스들에게 원수 갚아 달라고 부탁했는데, 어쩌다 저 사람이 내 고기 먹었는가 보구먼유."

이 말을 들은 염라대왕은 입맛이 뚝 떨어졌습니다. 눈살을 찌푸리면서 둘 다 데리고 나가라고 손을 내저었습니다.

그리고 곧 주방장을 불렀습니다. "방금 나간 저 소, 앞으로 스물다섯 해 동안 저승 풀밭에 방목시켜. 그러고 난 뒤에 그 고기 내 식탁에 올려. 알았어?"

두 번째 꿈 이야기까지 적고 보니 꿈인지 생시인지 저부터 헷갈리네요. 늙으면 꿈도 생시처럼 꾸게 되는 건지…….

어린애로 돌아가기

'사람의 자식으로 태어난 날, 슬프고 아픔이 갑절이나 커야 할 텐데, 어찌 잔치를 베풀어 즐길 수 있겠느냐.'

〈세종실록〉 제28권에 나오는 말입니다. 세종대왕이 임금 자리에 오른 지 육칠 년이 되는 1424~5년 사이에 가뭄이 오래 이어지는 바람에 백성들의 삶이 많이 어려웠습니다. 그런데도 왕의 생일이라 하여 잔치를 베풀자는 '한양' 벼슬아치들에게 남긴 말이라고 합니다. 나라를 다스리는 자리에 있는 사람들이 귀담아들어야 할 대목입니다.

'착한 일을 좋게 여김은 오래오래 마음에 두고 나쁜 짓을 미워함은 짧게 끝내야 한다.'

이 말도 세종이 한 말로 〈세종실록〉에 실려 있습니다. 사람마다 잘못은 쉽사리 눈에 띄고, 잘한 일은 더디더디 드러납니다. 탈 잡기는 쉽지만 두둔하기는 어려운 세상이 되었습니다.

좋고 나쁨을 어떻게 가려볼 수 있을까요? 어렵지 않습니다. '있을 것이 없거나, 없을 것이 있을 때' 우리는 나쁘다고 합니다. 굶주린 사람에게 먹을 것이 없을 때, 일하고 싶은 사람에게 일자리가 없을 때도 좋다고 여기는 사람은 배부른 사람이고, 남이야 죽건 말건 제 몫만 챙기려고 드는 사람입니다. 배고플 때 먹을 것이 있고, 일하고 싶을 때 일자리가 있어야 좋다는 것은 너도나도 알고 있습니다. 그러니까 '있을 것이 있고, 없을 것이 없을 때' 좋은 거지요.

'참'과 '거짓'을 가리는 일도 어렵지 않습니다. '있는 것을 있다고 하고, 없는 것을 없다.'고 하는 게 '참'말이고, '없는 것을 있다고 하거나, 있는 것을 없다.'고 하는 것은 '거짓'말입니다. 그런데 이런 멀쩡한 거짓말을 밥 먹듯이 하는 사람들이 누구일까요? 머리에 얼핏 떠오르는 사람들이 있습니다. 이른바 정치가, 경제인들입니다. 부끄럽게도 그 가운데는 언론인도 끼어 있습니다.

나쁜 짓을 좋은 일로 꾸미고, 거짓을 참이라고 우기는 사람이 늘수록 우리네 살림살이는 그만큼 어려워집니다. 아이들에게만 거짓말하지 말라고, 아이들에게만 나쁜 짓 하지 말라고 타일러 보아야 입만 아플 뿐입니다.

우리 모두 어린애로 돌아가야 합니다. 어린이의 눈을 지녀야 합니다. 그래야 세상을 바로 볼 수 있습니다. 우리 아이들에게 참이 무엇이고 거짓이 무엇인지를 제대로 가르치고, 나쁜 짓 하지 말고 좋은 일만 하게 하려면, 그래서 우리 아이들이 맞을 세상을 좋은 세상으로 바꾸고 싶다면, 눈길을 돌리거나 얼버무려서는 안 됩니다. 내 마음속에 웅크리고 있는 두려움을 떨쳐 내야 합니다. 우리 모두 떨쳐 일어서야 합니다.

주어서 기쁘고 받아서 고마운 선물

비 오는 날 텃밭이나 물 흐르는 개울가에서 느럿느럿 기어가면서 긴 더듬이를 이리저리 움직이는 달팽이를 본 적이 있나요? 집을 등에 지고 이사 가는 그 달팽이 모습이 앙증스러워서 손바닥에 올려놓으면, 움찔하다가도 아주 조심스럽게 기어간 뒷자리에 끈적끈적하고 햇볕에 마르면 하얗게 빛나는 자국이 남던 어린 시절 기억이 아직도 눈에 선합니다.

고개를 쑥 내밀고 엉금엉금 짧은 네 다리로 몸을 움직이는 거북이나 남생이보다 훨씬 느리게 배밀이를 하는 달팽이는 그래서 느림의 상징이지요. 저한테는 이 어릴 적 달팽이의 추억에 얹혀 또 다른 달팽이의 추억이 되살아납니다.

보리출판사는 60권으로 이루어진 〈올챙이 그림책〉을 내고 나서 세 해 뒤에 〈달팽이 과학동화〉 50권을 냈습니다. 〈올챙이 그림책〉이 태어난 해가 1991년이었고, 〈달팽이 과학동화〉가 묶여 나온 게 1994년이니까 어느덧 스무 해가 넘은 옛날 일이네요. 지금도 가끔 어릴 때 〈달팽이 과학동화〉를 보고 자랐다고 행복한 표정으로 이야기하는 사람들을 만납니다.

지금 우리는 주어서 기쁘고 받아서 고마운 선물을 주고받는 행복을 맛볼 기회가 점점 드물어지는 세상을 맞고 있습니다. 기쁨과 고마움을 잃어버린 시대에 살고 있다고나 할까요.

어떤 것이든 살아 숨 쉬는 것을 오래오래 지켜보고 있으면

살아 숨 쉬는 것을
오래 오래 지켜보고 있으면
그 뒤에는 반드시
즐거운 깨달음이 따릅니다.

그 뒤에는 반드시 즐거운 깨우침이 따릅니다. 달팽이가 느릿느릿 배밀이를 하면서 지나가는 모습과 그 뒤에 남는 흔적을 지켜보려면 참을성이 있어야겠지요.

보리출판사가 지난 스물다섯 해 동안 묶어 낸 책이 300종에 미치지 못한다고 이야기하면 깜짝 놀라는 분들이 많습니다. 하기야 한 해에 500종이 넘는 책을 펴내는 출판사들도 더러 있는 형편이니까요.

그러나 달팽이가 무거워 보이는 집까지 등에 지고 느리게 움직이면서도 살아남는 모습을 보면, '이 책 한 권이 나무 한 그루 베어 낼 가치가 있을까, 이 책을 읽는 어린이들이나 청소년들 또 어른들이 책을 덮으면서 서로 목숨을 주고받아야 할 나무를 한 그루라도 심을 마음을 낼 수 있을까.' 하는 조심스러운 마음으로 더디더디 한 권 한 권 묶어 내는 저희의 게으름(?)이 헛되지 않구나 하는 고마운 느낌과 기쁨을 함께 맛봅니다.

목으로 들이쉬고 내쉬는 것이어서 '목숨'인 삶의 기운을 나무들과 사람들이 주고받고 나누는 모습에서 저는 날마다 '주어서 기쁘고 받아서 고마움'의 깨우침을 얻습니다.

우리도 살고 일본도 사는 길

일본에 큰 지진이 일어난 뒤로 집도 절도 없이 떠도는 분들이 헤아릴 수 없이 많아졌대요.

쌈짓돈을 털어서라도 돕고 싶어 하는 분들이 우리 나라에서도 줄을 잇고 있다는군요. 고맙고 반가운 소식입니다. 그러나 돈만으로는 안 되고, 또 돈 없는 사람들도 도울 길을 찾을 수 있으면 좋겠다는 뜻에서 이런 제안을 해 봅니다.

알다시피 역사를 살피면 우리와 일본은 썩 좋은 관계가 아니었지요. 삼국시대부터 '왜구'들이 배를 타고 와서 일껏 농사 지어 놓은 곡식을 털어 간 일이 한두 번이 아니고, 일본이 우리 나라를 삼키려고 든 적도 크게 보아 두 차례나 있었으니까요. '왜구'들이 뻔질나게 바닷가 마을들을 털어 간 것이야, 도둑질은 도둑질이라도 먹을 게 없던 가난한 사람들이 몰려왔던 것이라고 너그럽게 보아 넘긴다 쳐도, '임진왜란'과 '일본 제국주의'가 저지른 죄는 짚고 넘어가야겠지요. 입에 풀칠하기 힘든 사람들이 저지른 짓이 아니었으니까요.

그렇다 하더라도, 가난한 농어촌에서 애써 몸 놀려 일하던 죄 없는 사람들이 삶터를 잃고 오갈 데 없는 처지가 된 것에 대해서는 달리 손쓸 필요가 있다고 보아요.

지도를 보면 일본 열도가 한반도 울타리 노릇을 하고 있음을 알 수 있습니다. 태풍도, 지진도 막아 주는 든든한 울타리지요. 이 울타리가 없었으면 태풍도, 지진도 우리가 감당할 몫이었다는 생각도 드는군요. 그래서 하는 말인데 일본에서 살길을 잃은, 한평생 고기잡이나 농사일만 하던 농어촌 분들한테 손길을 내밀어 함께 살면서, 우리 농촌도 살리고 어촌도 살리는 길을 찾아보면 어떨까요?

일본은 지리상으로 우리와 가까운 이웃이지요. 우리가 문에 빗장을 걸지 않으면 쪽배를 타고라도 건너올 분들이 있으리라고 봐요. 남해안이나 서해안을 끼고 있는 지방자치단체에서 먼저 이분들한테 손길을 내밀면 어떨까요? (옛 역사를 보면 그런 적이 있었다고 해요.)

변산공동체도 살림이 크게 넉넉지 않아서 많은 분들을 선뜻 모셔 들이기 힘들지만, 중앙정부나 지자체에서 부탁하면 몇 가구에는 손을 내밀 수 있다고 보아요. 그러잖아도 비어 가는 농어촌 형편이 큰 걱정인데, 서로 돕고 살면 얼마나 좋아요?

일본에서 큰 어려움을 겪고 있는 분들이 안타깝고, 돈으로는 도울 형편이 못 되지만 반갑게 맞이할 마음이 있는 사람들이 이 땅에도 많이 있다는 사실을 그분들도 알았으면 좋겠다 싶어, 이런 글을 씁니다.

잠두봉과 절두산

서울에 머무는 날은 거의 빠짐없이 옛 양화진 포대가 있었던 잠두봉으로 바람 쐬러 갑니다. 서울에 머무는 날은 거의 빠짐없이 천주교 절두산 성지에 절하러 갑니다. 앞에 적은 글과 뒤에 적힌 글은 뜻이 같습니다. 잠두봉이 절두산이고, 양화진 포대가 있던 곳이 천주교 성지이기 때문입니다.

저는 잠두봉이나 절두산에 가면 그곳에 자란 큰 나무들에게도 절하고 저고리 입은 성모에게도 고개 숙입니다. 거기에서 보이는 한강물에도 맑을 때나 요즘처럼 비가 많이 내려 흙탕물일 때나 깊이 허리 꺾으면서 합장합니다.

역사책을 읽은 분은 아시겠지만 양화진에는 옛 비석이 하나 서 있습니다. 그 비석에는 한문으로 쓰인 비문이 있는데 우리말로 옮기면 얼추 다음과 같은 뜻으로 읽힙니다.

'서양 오랑캐가 쳐들어왔다. 싸움이 아니면 화해인데, 화해하면 나라를 팔아먹게 된다. 대대로 자식들에게 일러서 잊지 않게 해라. 병인년에 쓰고 신미년에 세운다.'

또 절두산 성지에는 천주교 쪽과 얽힌 다른 사연도 있습니다. 천주교도들이 박해를 받을 때 불란서 신부 아홉 사람이 붙잡혀 죽었는데 그것을 빌미로 불란서 군대가 배 타고 양화진까지 쳐들어와서 싸움이 벌어졌다는 것입니다. 한쪽에서는 강대국이 식민지를 개척하는 고전적인 수법 하나로 평화를 위장

하여 선교사를 보내 식민지를 정탐했다고 보고 있고, 또 한쪽에서는 종교를 통해서 인류 구원의 소망을 펴려던 갸륵한 분들이 순교했다고 보고 있는 것이지요. 이 두 가지 모순된 생각이 역사의 유물로 자리 잡고 있는 곳이 바로 잠두봉이고 절두산입니다.

아침에 바람 쐬러 나온 저는 목 잘린 순교자의 머리를 올려놓은 돌 조각에도 절을 하고 양화진을 지키다가 불란서 함대가 쏜 대포에 맞아 죽어 간 선조들의 넋을 안고 흐르는 강물에도 머리를 조아립니다.

제 머리와 가슴 안에도 모순이 가득한데, 이 성지를 빛내고자 인간만이 희망이라고 굳게 믿는 돈 많은 분들이 아름드리 소나무들의 팔다리를 가차 없이 잘라서 이 성지에 옮겨 놓고 가슴 뿌듯해하는 모습을 보면 저는 인간에 대한 깊은 절망을 느끼기도 합니다.

기다립니다

　우리 마을에는 없는 것이 많습니다. 경찰, 검사, 판사, 변호사, 국정원 직원이 없습니다. 총 든 사람도 없고 신문기자, 방송기자도 없습니다. 그런데도 이런 사람들이 있어야 나라가 잘 되고, 나라가 있어야 모두가 잘 살 수 있다니, 그러려니 여길 뿐입니다. 그래도 우리 마을 사람들은 가끔 이런 생각을 합니다.

　'탈도 허물도 없어서 태어나 늙어 죽을 때까지 제 몸 놀려 먹을 것, 입을 것, 잠자리 스스로 마련하고 남는 것을 이웃과 나누기도 하고 대처(도시)에 사는 아들딸들에게 바리바리 싸 보내기도 하는 우리가 왜 그 사람들까지 먹여 살릴 짐을 져야 하지? 힘센 나라 중국에서 들여온 낱말 가운데 듣기만 해도 가슴이 철렁 내려앉는 죄를 지은 적도 없고, 벌을 받은 일도 없는데 왜 죄짓고, 벌 주는 사람들까지 우리가 거두어 먹여야 하지?'

　'나라님'들이 시키는 일이고 그 말 안 들으면 혼내 주는 게 그이들이 줄곧 해 온 일이니, 답답하고 억울해도 어쩔 수 없이 힘없는 '죄'로 받아들여야 한다는 게 우리 마을 사람들 속맘이라고 봅니다.

　자기네들 멋대로 쌀 한 톨 안 나는 도시로 우리 아이들 끌어들여, 머리만 굴려도 손발 하나 까딱하지 않아도 잘 먹고 잘 살 수 있다는 허튼소리로 꼬여, 몸에 안 좋은 온갖 먹을 것과 죄 없는 여러 사람 목숨 한꺼번에 앗아 갈 첨단 무기를 만들라고 우기고, 말 안 들으면 '죄' 뒤집어씌우고 '벌'로 앙갚음하는 사람들이 꾸리는 나라가 잘 되는 나라이고, 그 말 고분고분 듣는 게 잘 사는 길일까요?

'우리 모두 일손 놓을 거야. 우리 먹을 것, 우리 입을 것, 우리 잠자리만 챙기고 그만큼 게으르게 살 테니, 너희들도 먹고 입고 자려면 우리처럼 살아.'

이렇게 말하면서 나라님과 거기에 빌붙은 어중이떠중이들을 나 몰라라 하면, 이 '힘 있는' 사람들 무슨 짓을 저지르려 들까요? 그 웃음 짓는 얼굴들 어떻게 바뀔까요?

속이 타고 애가 터지면 짐짓 불끈 솟는 이 불덩이를 삼키고, 나쁜 마음 먹지 말자, 해님 본받고 물님과 바람님 뜻 따라 그저 '땅심(땅이 주는 힘)'만 믿고 좋게 좋게 지내자고 견뎌 온 착한 우리 마을 사람들. 이 사람들 마음을 여지껏 저이들은 한 번이나 헤아려 본 적이 있을까요?

거슬러 거슬러 아무리 거슬러 올라가 봐도, 우리 마을이 처음 생기고 난 뒤에 오늘까지, 아래위로 안팎으로 뒤집어 살펴봐도 다스리는 사람들 가운데 우리 마을 걱정하는 사람이 없습니다.

이런 꼴로 우리 마을 내팽개치다가는 나라도 없고, 다스릴 길도 막힐지 모릅니다. '정말 이래도 되는 거야?' 하는 외침이 목젖까지 치밀어 오르지만, 아직은 참고 있습니다.

견디다 견디다 못하면 터져 나올 테지요. 그때가 되면 하늘에서도 불벼락이 내리고, 울고 울고 또 우는 하느님의 눈물이 온 땅을 가득 채울 테지요. 바람도 우리 마을 사람들 쪽에 서서 저네들 다 휩쓸어 버릴 테지요.

'저 해는 언제 떨어지려나. 너도 죽고 나도 죽자.'는 마음먹기 전에 저이들 마음자리가 하루빨리 바뀌기를 기다립니다.

누가 무엇을 위해 부지런을 떠는가

밤낮없이 부지런을 떠는 이들이 있습니다.

언제 나타날지 모르는 적군의 발자국 소리를 기다리며 밤을 꼬박 새우는 젊은이들. 포탄과 폭격으로 쑥대밭이 되어 버린 제 마을을 벗어나 아이와 늙은 부모 업고 밤길을 나서는 피난민들. 보이지 않는 적을 찾아 사막을 헤매는 아이에스(IS) 병사들. 첨단 군사 장비로 쓰일 새로운 컴퓨터 프로그램을 짜느라고 실리콘밸리에서 너도나도 날밤을 새우는 벤처 산업의 젊은 일꾼들. 화학무기, 생물학무기, 방사능 무기를 만드는 최첨단 연구실에서 침식을 잊고 연구에 몰두하는 교수, 박사, 석사들. 몸에는 해롭지만 입맛은 돋우는 유해식품첨가물을 만드느라 눈코 뜰 새 없이 맛난이 공장에서 철야와 잔업을 밥 먹듯이 하는 어머니 아버지들. 학비로, 등록금으로 미리 꾸어다 쓴 돈을 갚을 길 없어 최저임금을 받고 24시 편의점에서 종아리가 뚱뚱 붓도록 서서 나타나지 않는 새벽 손님들을 원망하는 알바생들.

이이들이 보내는 시간은 보람 있는 삶의 시간이 아닙니다. 보람 없는 죽음의 시간입니다. 그렇다고 누구를 살리는 살림의 시간도 아닙니다. 직간접으로 자기를, 아니면 누군가를 죽이는 죽임의 시간입니다. 세상이 이 꼴이 되어 버렸습니다. 삶이 아귀다툼이 되고 삶터가 아수라장이 되어 버렸습니다.

사랑한다는 말은 본디
우리 말에서 '살 길을 찾는다'는
뜻을 지니고 있었습니다.

남이, 이웃이 망하고 죽는 길이 내가, 우리가 흥하고 사는 길이라고, 악착같이 짓밟고 이겨야 살아남을 수 있다고 가르치고 배운 뒤끝이 이렇습니다.

지금 이 순간까지 삶의 시간, 살림의 시간을 오롯이 누리고 있는 사람들, 그러려고 애쓰는 사람들은 따로 있습니다.

먹을 것, 입을 것, 잠자리 마련에 애쓰는 이들. 날마다 주검이 무더기로 쌓이는 곳곳에서 한 사람이라도 더 살리려고 먹이고 재우고 입히는 일에 온종일 구슬땀을 흘리는 사람들. '살려고 배우고, 살리려고 가르친다.'는 굳은 믿음으로 자연을 큰 스승으로 모시고 우리 아이들을 삶의 길로, 살림의 길로 이끄는 눈에 띄지 않는 선생님들. 죽음과 죽임의 힘에 맞서서 삶과 살림의 힘을 키우려고 애쓰는 평화운동가들이 바로 그런 이들입니다.

사랑한다는 말은 본디 우리 말에서 '살길을 찾는다.'는 뜻을 지니고 있었습니다. '지난 기억을 더듬는다.'는 뜻을 지닌 생각한다는 말과는 다른 뜻을 간직하고 있었습니다. 할아버지 할머니가, 어머니 아버지가 하던 대로 따라서 하기만 해도 살길이 열렸던 지난날과는 달리, 요즈음은 깊이깊이 사랑해야 살길을 열 수 있습니다.

좋아하는 사람들끼리 살과 살을 맞대는 '사랑'을 옛말에서는 '닷다'라는 말로 나타냈습니다. 그래서 그런 사랑은 '다솜'이었습니다.

다솜만으로는, 체온이 유지되는 것만으로는 목숨을 지킬 수 없습니다. 우리 모두 사려 깊은 사랑으로, 서로 보살피고 돌보는 살림꾼들이 앞장서서 죽음에, 죽임의 세력에 맞서는 참사랑으로 세상을 바꾸어 냅시다.

2장

내가 흐느껴 우는 까닭

평화

한 귀를 꼭 막고 들어야 할 말

우리 속담에 '한 귀로 듣고 한 귀로 흘린다.'는 말이 있습니다. 다른 사람이 하는 말을 건성으로 듣고, 듣자마자 잊어버린다는 말이지요. 그러나 세상에는 한 귀를 꼭 막고 들어야 할 말이 있습니다. 잊어버리지 않고 마음에 새겨 두기 위해서요.

귀담아듣지 않으면 이 소리 저 소리 가려들을 수 없고, 소리의 질서를 알지 못하면 입도 뻥긋하기가 쉽지 않습니다. 그래서 옛날부터 '듣는다'는 말을 그렇게 귀하게 여겼습니다. 저는 불교 경전에 밝지 못하지만 금강경에서 가장 큰 울림을 지닌 말이 '여시아문(如是我聞)'이라는 한자로 된 네 마디라고 봅니다. 우리 말로 풀면 '나는 이렇게 들었다.'는 뜻이지요.

자연이 들려주는 말이든 사람 입을 빌려 옮기는 말이든, 남이 하는 말을 잘 헤아려 듣는 사람은 슬기로워지고, 자기 말만 앞세우고 남 말을 들으려고 하지 않는 사람은 어리석어지기 마련입니다.

속담 하나 더 들까요? '좋은 약은 입에 쓰고, 바른말은 귀에 거슬린다.' 예수님 말씀, 부처님 말씀을 앞세워 손발과 몸을 놀려 일하지 않고 입으로만 말품 팔아먹고 사는 사람들이 너무나 많습니다. 말이 홍수가 되어 세상이 떠내려갈 만큼 시끄러운데, 귀 기울여 보면 욕지기나는 말이 백에 아흔아홉인 듯싶습니다. 예수나 부처나 공자, 맹자 같은 사람이 어쩌다 한 사람

나타나면 그 사람 팔아서 땀 흘리지 않고 매끄러운 입만 놀리면서 사는 사기꾼들 수십, 수백만이 비 온 뒤 죽순 솟듯이 나타나니, 이른바 '인류의 스승'이나 '구세주'가 탄생하는 게 어찌 반가운 일일 수만 있겠습니까?

지금 정권에 몸담고 있는 사람들이 하는 짓을 보자니 입만 열면 서민들을 위한다면서도 죄지은 재벌 총수 하나만 딱 골라서 풀어 주기, 농사짓는 땅이 물에 잠기고 오염 물질이 검은 때를 이루는데도 곱게 흐르는 물 파헤치고 토막 치기, 청정한 유기농산물 기르는 밭을 뭉개 도로 만들기, 교육개혁 한다고 아이들 손발 묶어 제 앞가림도 못하는 병신 만들고 그러다 대학 나와도 오갈 데 없는 백수 만들기, 살아 보겠다고 발버둥 치는 가난한 사람들 집 헐고 가게 때려 부수고, 거기에 맞선다고 멀쩡한 사람 테러리스트로 몰아 불태워 죽이기를 눈 하나 깜짝 않고 저지르는, 차마 눈 뜨고 볼 수 없는 참상이 이곳저곳에서 벌어지고 있습니다.

이런 일들을 한 귀로 듣고 한 귀로 흘려버려서는 안 됩니다. 제발 귀 열고 우리 말 좀 들으라고 애걸만 해서도 안 됩니다.

불편하다고 해서 진실을 외면해서는 안 됩니다. 다음 차례는 우리일지도 모르니까요.

오월이 되면 퍼져 나갈 민들레 홀씨들

오월을 기다립니다. '평화의 발자국'을 담아 바람 타고 날아
갈 민들레 홀씨들을 기다립니다. 살고 싶다는 피맺힌 절규까
지도 얼어붙은 한겨울에 웬 오월의 희망 노래냐고요?

《파란집》이라는 그림책이 나왔습니다. 가슴 아픈 사연이 담
겨 있지만 어디에 내놓아도, 누구에게 보여도 자랑스러운 뛰
어난 그림책입니다. 책 전체에 걸쳐 글은 한마디도 없이 그림
으로만 채워진 그야말로 '그림'책입니다. (아, 한 바닥, 검은 연기
가 가득 찬 바닥에 망치 소리, 쇠파이프 소리, 외마디 외침들이 그림처
럼 떠오르는 데가 있기는 있군요. 그러나 그것도, 그 의성어들도 그냥
그림으로 보면 됩니다.)

'희망을 안고 파란집에 끝까지 남았던 영혼들께' 바치는 이
그림책 마지막 쪽 보도블록에, 그린 이는 또박또박 다음과 같
은 글을 새깁니다.

아내가 열이 나 아팠습니다. 그 정도는 아픈 것도 아니라고
지나쳤는데, 오늘 내가 열이 펄펄 끓습니다. 내 몸이 아프니까
그제야 아내의 아픔이 이해가 됩니다. 왜 그때 좀 더 관심 갖고
잘 보살펴 주지 못했을까 후회가 되었습니다. 우리들은 그처럼
내가 똑같은 아픔을 당하지 않으면 남의 아픔을 이해하지 못합
니다.

내일은 행복해질 거라고 가족에게 인사하고 '파란집'으로 올라갔던 사람들. 우리는 살고 싶다고 절규하던 그때 그 사람들의 아픔을 내가, 우리가 조금이라도 이해를 했더라면 소중한 생명들은 불타 버리지 않았을 것을…….

지금 마지막으로 지키던 '파란집'은 검은 연기와 함께 사라졌지만 떠나지 못한 영혼과 남겨진 자의 눈물이 그 자리에 그대로 남아 있습니다. 그 고통을 마음 깊이 헤아릴 수는 없지만 이 그림책을 만들며 느꼈던 저의 마음을 이 책을 읽는 분들이 조금이라도 같이 느낄 수 있기를 바랍니다.

세상이 무너지고, 발붙일 곳이 없어도 내 아이만은 제대로 키우고 싶다는 게 자식 둔 부모가 가진 빛바래지 않은 하나뿐인 꿈이지요. 《파란집》은 그 꿈을 짓밟은 세상에 대한 자그만 저항입니다. 우리한테만 있는 일을 말하는 것이 아닙니다. 인류 전체가 어떤 삶으로 나아가야 하는지 애 아빠 처지에서 외치는 피맺힌 절규지요.

불편한 진실을 받아들이고 싶지 않다고요? 저도 그렇습니다. 불편한 진실은 견디기 쉽지 않으니까요. 그걸 대물림하고 싶은 부모가 어디 있겠어요? 그래도 우리가 아이들과 함께 나날이 겪을 수밖에 없는 이 불편한 진실을 똑바로 보고, 우리 아

진실을 떨어 버린
완강한 보도블럭을 뚫고 뛰어난
민들레꽃 다섯 송이……

이들이 맞이할 세상은 진실이 편안한 그런 세상이기를 꿈꾸는 부모라면, 아이와 함께 꼭 한번 보아야 할 책인 것 같아요.

진실을 덮어 버린 완강한 보도블록을 뚫고 피어난 민들레꽃 다섯 송이……. 거짓을 감추며 솟아오른 고층 건물 아래 시멘트 바닥을 쩍쩍 가르면서 피어난 이 고귀한 주검의 증언들이 머지않아 홀씨가 되어 여러분들 뜨거운 가슴 위에, 그리고 우리 아이들 여린 넋에 고이 내려앉아, 다시는 이 땅에서 이런 일이 벌어져서는 안 된다는 각성의 예쁜 민들레꽃으로 다시 피어나기를, 그리하여 그 꽃에서 다시 홀씨가 바람 타고 날아올라 이 땅을 온통 평화의 발자국으로 가득하게 만들기를 빌고, 또 빕니다.

이 자리를 빌려, 살고자 했으나 죽음을 맞을 수밖에 없었던 '파란집'의 영령들께 용서를 빕니다. 그리고 한겨울인데도 물대포에 맞아 얼어붙은 손발과 가슴을 녹이지 못하고 눈보라 속에서 잠을 청할 수밖에 없는 가난한 이웃들께도 고개 숙여 사과드립니다. 너무 늦게야 쭈뼛쭈뼛 이 자리에 섰음을…….

천안함과 전쟁광들

천안함에 탔던 우리 젊은이들이 떼죽음을 했습니다. 세상에 이런 참사가 일어나다니요!

그 젊은 넋들에게 마음 깊이 명복을 빕니다.

그런데 천안함 참사가 일어난 까닭은 점점 더 큰 의혹을 키우면서 미궁에 빠져들고 있습니다. 미국이 천안함을 실수로 반쪽 냈다는 말도 나오고 일부러 그랬다는 소문도 돕니다.

이런 추측이 도는 것도 무리는 아닙니다. 왜냐하면 미국은 해마다 온 세상을 상대로 전쟁을 벌이지 않으면 살아남을 수 없는 나라라는 비아냥을 들을 만큼 전쟁광들이 판치는 나라이기 때문입니다. 미국이 짜는 일 년 전쟁 예산(국방 예산이라고도 한다더군요.)은 여기저기 숨어 있는 예산까지 보태면 전 세계 모든 나라 일 년 예산을 통틀은 것보다 웃돌 거라는 말도 있습니다. 만일에 미국이 해마다 더 많은 사람을 더 쉽게 죽일 수 있는 첨단 무기를 만들어 내지 않고, 젊은이들을 살인 기계로 바꾸어 전쟁터로 내모는 일을 그만둔다면, 미국은 당장에 망조가 들 거라고 이야기하는 사람들도 있습니다. 왜 그러냐 하면 미국은 '군산 복합체'라는 괴물이 만들어 내는 전쟁 무기와 전쟁 이데올로기를 바탕으로 살쪄 온 나라고, 전쟁 산업이 무너지면 미국이 경쟁력을 앞세울 수 있는 다른 산업을 찾아보기 힘들기 때문이랍니다.

그러니 미국에 공화당 정부가 들어서든 민주당 정부가 들어서든, 대통령이 전쟁을 지향하는 성품을 지녔든 평화를 사랑하는 마음이 더 크든 상관없이 끝내는 전쟁 산업 앞잡이가 될 수밖에 없다는 게, 미국에서 태어나고 자라 이제 늙어 죽을 때가 가까운 노암 촘스키 같은 학자가 수십 년 동안 미국이 저지르는 일을 지켜보고 나서 내린 진단입니다.

이런 나라가 북녘을 코앞에 두고, 중국과도 멀지 않은 서해안에서 소꿉놀이 전쟁을 하는 가운데 천안함 사태가 터졌습니다. 미국은 그 탓이 북녘에 있다고 손가락질하면서 검증되지 않은 증거를 들이대며 우리 나라를 전쟁 위기로 내몰고 있습니다. 다행히 이번에 우리 국민들은, 특히 이삼십 대 젊은이들은 한번 물면 전쟁이라는 뇌관이 터질지도 모르는 이 무서운 미끼에 걸려들지 않았습니다.

저는 이번 선거(2010 지방선거)에서 우리 국민이 보여 준 평화 의지를 높게 삽니다. 역시 우리 민족은 살림을 즐기고 살리기를 좋아하는 민족이어서, 죽임을 일삼고 어머니와 아기들까지 놀이 삼아 죽이는 미국을 비롯한 이런저런 나라 전쟁광들과는 거리를 둘 수밖에 없고, 그런 정신 나간 짓에 등을 돌리는 게 마땅하다고 봅니다.

휴우, 호랑이 아가리에서 벗어난 느낌입니다.

희대의 사기극

전두환이 대통령이던 시절 일입니다. 북녘이 금강산에 댐을 쌓는데, 군사정권은 이 댐이 한번 터지면 서울 시민 가운데 살아남을 사람이 없다고 떠들어 댔습니다. 심지어 63빌딩까지 다 물에 잠긴다고 했습니다. 전문가, 학자라는 사람들이 온갖 방송, 신문에 나와 그럴듯한 이론을 내세웠습니다. 이 선전에 동원된 과학 용어들에 서민들은 기가 죽어 찍소리도 못했습니다. 모르긴 몰라도 우리 나라 국민 가운데 열에 아홉은 그 말을 믿었을 것입니다.

이 '가공할 수공'을 막고 물 폭탄에서 벗어나려면 금강산 물줄기 아래 하루바삐 '평화의 댐'을 쌓아야 한다고 했습니다. 초등학교 코흘리개부터 대기업에 이르기까지 이 댐 쌓는 데 주머니를 털어야 했습니다. 돼지 저금통 배를 갈라 들고 온 꼬마 애들, 시어머니한테 물려받은 금반지를 빼 들고 온 아주머니, 돌아가신 부모님 부조금을 몽땅 싸서 들고 온 회사원, 노점상, 구멍가게 주인······. 그야말로 여러 분야 사람들이 방송국마다 줄을 섰습니다.

그러나 군사 독재 정권이 물러나고 민간 정부가 들어서면서 이 '금강산 댐'의 '수공' 위협이 희대의 사기극이자, 전쟁 공포를 국민들 가슴에 심어 정권을 연장하자는 야바위놀음이었다는 게 드러났습니다. (그때 온갖 사이비 이론을 들먹여 우리를 겁주었던 과학자, 전문가들이 아직도 시퍼렇게 눈 뜨고 살아 있습니다. 그러나 이 과학 사기꾼들 가운데 반성하고 사죄한 인간이 있다는 말을 한 번도 들어 보지 못했습니다.)

그렇다면 '천안함' 사건은 어떻게 보아야 할까요? 정부 편에 선 언론이 조사한 여론에 따르더라도 열에 셋은 북녘이 어뢰로 공격했다는 국방부 발표를 믿지 않고 있습니다. 미국을 비롯한 세계 여러 나라 전문가들을 들러리로 세웠는데도 그렇습니다. 어뢰 공격일 수 없다는 새로운 증거가 드러날 때마다 국방부는 말을 바꿉니다.

한때 미국 중앙정보국 요원이었고 주한미국대사를 지낸 사람이, "천안함 스크루(screw)가 그물에 걸려 제대로 작동을 못 하다가 떠다니던 기뢰를 건드려 폭발했다는 게 러시아 전문가 의견인데, 대한민국 대통령 체통을 보아 발표를 미루었다더라." 하고 제 나라 중요 언론에 발표했다는데도 정부는 막무가내로 북녘이 공격한 거라고 우겨 댑니다.

더 우스운 일이 있습니다. 북녘에 물난리가 났는데, 정부는 남녘에서 남아도는 쌀을 보내 북녘 수재민도 살리고 더불어 남녘 농민도 살리는 길을 마다했습니다. 그러고는 적십자사를 통해 고작 100만 달러를 보내겠다고 통보했다고 합니다. 수재민이 10만 명이라면 우리 돈으로 따져 한 명에 1만 원꼴로 돌아갑니다. 이것을 선의에서 나온 제의라고 믿을 사람이 몇이 나 될까요?

더구나 어떤 재벌이 전자 산업에서만 4조 원이 넘는 순이익을 냈다는 나라에서, 그 이익에서 100분의 1이 아니라 1000분의 1에도 훨씬 못 미치는 돈을, 그것도 현금이 아니라 물품으로 보낸답니다.

제정신인 나라라고 볼 수 없습니다. 어쩌려고 이런 짓을 저지르는지 모르겠습니다. 우리가 지금 이런 나라에서 살고 있습니다. 이것이 '강 건너 불'이라면 얼마나 좋을까요.

리영희 선생님, 대답해 주세요

리영희 선생님이 돌아가셨습니다. 저는 이 나라 민주화에 가장 크게 공헌한 분을 딱 한 분만 들라면 리영희 선생님을 들겠습니다.

군사독재 시절이었던 1970~80년대에 이른바 '운동권 학생'들은 리영희 선생님이 쓴 책을 책꽂이에 꽂아 놓았다는 것만으로도 쇠고랑을 차야 했습니다. (나중에 들으니, 미국도 리영희 선생님을 두려워해서 제 나라 정보원들을 시켜 리 선생님의 일거수일투족을 감시하게 했다는군요.)

선생님이 쓰신 글 가운데 '새는 좌·우의 날개로 난다'라는 짧은 글이 있습니다. 새의 왼 날개(좌익)와 오른 날개(우익)에 빗대어 진보진영(좌익)과 보수진영(우익)이 조화와 균형을 이루어야 이 나라가 제대로 살아남을 수 있음을 일깨워 주는 글이었습니다.

그때는 오른 날개 맨 끝에 있는 깃털(극우세력)들이 몸통 행세를 하면서 새는 오른 날개 깃털 끝만으로도 날 수 있다고 박박 우기던 시절이었습니다. 그 깃털들이 보기에 리영희 선생님은 미운털이었습니다.

보수를 '지키자'는 쪽, 진보를 '바꾸자'는 쪽이라고 보면 지키자는 쪽이 몸통이 되어야 할 때도 있습니다. 우리 삶터가 버릴 것이 하나도 없고 버림받는 사람이 아무도 없다면, 그리고 이 세상이 '있을 것만 있고 없을 것이 없는' 지상천국이고 극락이라면 우리는 이런 삶터, 이 좋은 세상을 목숨을 걸고라도 지켜 내야 합니다. 이런 세상이라면 저라도 앞장서서, "깡보수 만세! 극우세력 만만세!"를 부르겠습니다. 하나라도 바뀌면 나쁜 세상이 되니까요. 이런 좋은 삶터, 세상을 끝까지 '지켜' 내야지요.

그러나 버릴 것투성이고 버림받은 사람들이 길을 가득 메우고 있는 것이 현실이라면, '없을 것만 있고 있을 것이 하나도 없는' 세상이라면 저는, "급진 만세! 극좌세력 만만세!"를 부르겠습니다. 털끝만큼이라도 바꾸어 낼 수 있다면 그만큼 세상은 좋아질 테니까요. '온통 다 바꾸자.'는 건 꿈일 수도 있겠지요.

왼 날개와 오른 날개는 겨드랑이에서 몸통과 이어져 있습니다. 몸통은 극락도 무간지옥도 아닌 현실 세계에서 왼 날개와 오른 날개 가운데 어느 한쪽이라도 없으면 살아남기가 힘듭니다. 이 몸통이 누구냐고 물을 얼빠진 사람이 있나요? 사람만 떼 놓고 본다면 민중, 인민, 시민 들이고 더 넓히면 이 땅에 살고 있는 모든 생명체임을 모르겠다고 도리질하는 당신은 누구신가요?

리영희 선생님은 이 땅 이 나라 백성들이 살아남으려고 겨드랑이에서 키워 낸 두 날개 가운데 왼쪽에 몸을 실었습니다. 오른 날개가 너무 무거워서 몸뚱이가 균형을 잃어 곤두박질치고 있음을 누구보다 먼저 알고 누구보다 더 잘 알았기에, 날개가 오른쪽으로 기울면 기울수록 더 왼쪽으로 더 왼쪽으로 위태로운 걸음을 옮기셔야 했습니다.

무게 중심이 자꾸 오른 날개로 기우는 이때, 선생님 빈자리를 누가 메울 수 있을까요?

리영희 선생님, 대답해 주세요!

벌거벗은 신부

보리출판사 식구 가운데 한 사람이 제 등을 떠밉니다. 제주도에 어서 가라고요. 구럼비 바닷가에 가 보라고요.

몸도 마음도 쉬고 세계 관광 유적으로 알려진 아름다운 섬 구경하다가 오라고 그런 걸까요? 아닙니다. 그 아름답던 강정마을 구럼비 바닷가는 지금 지옥입니다. 해군기지 짓겠다고 포클레인 기중기 꾸역꾸역 몰려들고, 바다를 메우려는 삼발이들이 산더미처럼 쌓이더니, 아이들이 숨바꼭질하고 멱 감던 그 아름다운 바위와 물을 깡그리 부수고 더럽힐 폭약까지 실어 나르고 있습니다.

이 해군기지를 뭣 땜에 누굴 위해 짓느냐고요? 제주도를 지키기 위해서는 아닙니다. 우리 나라를 위한 것도 아닙니다. 중국 본토를 노리는 미국의 군사기지입니다. 제 눈에는 그렇게 보입니다.

전쟁 산업이 돈벌이가 가장 잘 되는 사업이라는 것은 옛날부터 널리 알려져 있습니다. 오늘날 미국을 꽉 움켜쥐고 있는 0.1퍼센트도 안 되는 사업체들만 봐도 그렇습니다. 철강 산업, 석유 재벌, 금융업, 그리고 카네기, 록펠러, 제이피모건……. 모두 전쟁으로 떼돈을 벌었고, 지금도 벌고 있습니다.

우리 나라라고 다르지 않습니다. 이른바 방위산업체도 거의 모두 재벌들 손안에 있습니다. 이번에 구럼비를 쑥대밭으로 만들고 있는 폭약을 실어 나르는 기업도 삼성, 대림 같은 곳입니다.

중국과 미국 사이에 전쟁이 벌어진다면, 그래서 핵 미사일이 까마귀 떼처럼 오간다면, 미국 군사기지가 될 제주도는 맨 먼저 송두리째 물 밑에 가라앉을 겁니다. 그 아름다운 섬이 통째로 사라질 겁니다.

구럼비 바다를 지키려는 강정마을 사람들 싸움이 조그마한 한 동네의 지역 이기심 때문에 생겨난 게 아니기에, 지금 온 세계 사람들이 이 싸움을 지켜보고 있습니다. 나이 일흔을 넘긴 문정현 신부님이 돌아가실 자리를 여기로 정한 것도 평화를 지키려는 뜻에서입니다. 제주도 평화를 넘어, 우리 나라가 전쟁의 잿더미로 바뀌지 않게 하기 위해서, 그리고 세계 평화를 위해서 발가벗고 추위를 견디면서 버티고 있습니다. 그러다 4·3 항쟁 때 그랬듯이 '육지 것'들이 떼로 몰려와 다시 이 고운 섬, 고운 사람들 짓밟고 있는 틈에 끼어 덩달아 짓밟히고 있습니다.

인터넷에서 벌거벗은 몸으로 전투경찰과 맞서고 있는 이 노인네를 보는 순간, 제 마음이 무너져 내렸습니다.

문정현 신부는 어린애 같은 할아버지입니다. 새만금, 방사성 폐기물 공장 설치 반대 운동이 한창일 때 저는 전라북도 부

안 변산반도 끝자락에 있는 조그마한 섬마을에서 이분이 노는 모습을 보았습니다. 아주머니 나이에 벌써 할머니가 되어 버린 까만 손, 까만 얼굴 사이에서 동생 문규현 신부가 서성거리고 있는 동안, 이 수염 허연 할배가 어린애처럼 기타를 어루만지며 섬마을 아이들이 즐겨 부르는 노래를 흥얼거리던 모습이 떠오릅니다.

같이 늙어 가는 나는 이 '육지'에서 몸 성히, 성히, 성히 잘 있습니다.

내가 우는 까닭

"선생님 말씀 고분고분 잘 들어야 해."

이렇게 타이른 적은 없었나요.

"어이구, 내 새끼. 이번에도 백 점 맞았다고?"

모든 문제에 하나뿐인 '정답'을 맞힌 아이가 자랑스럽게 여겨진 적은 없었나요.

이런 교육을 받아 온 우리 아이들이 배 안에 갇혀 떼죽음을 맞았습니다. 저도 그런 교육 아닌 '교육'을 받아 왔고, 시켜 왔습니다. 그렇게 해서 우리 안에 있는 고분고분한 아이들이 헤아릴 수 없이 죽어 갔습니다. 스스로 제 목숨 지킬 힘을 길러 주어야 했을, 밖에 있는 많은 아이들의 손발을 묶어 놓는 일을 거들었습니다. 밤늦도록 아이들을 딱딱한 걸상에 붙들어 앉히고 '정답'을 담고 있는 '교과서'에서 눈을 떼지 못하게 만드는 '타율학습'을 '자율학습'이라고 야바위 쳐도 꿀 먹은 벙어리였습니다. 저도 대통령도 그런 사람 가운데 하나입니다. 누구를 탓하겠습니까. 먼저 무릎 꿇고 눈물 흘리면서 비는 수밖에요.

모두 제 탓이에요, 용서하세요. 할 말이 없어서 그냥 보듬고 함께 함께 울지요. 생때같은 자식 아직도 깊은 물속 방에 갇혀 둥둥 떠돌다 제풀에 가라앉는데, 어미 아비 가슴 가슴이 그 아이들 무덤인데, 그 앞에서 무슨 말을 할까요. 울컥 치밀어 오르는

나는, 우리는,
탓 돌릴 길이 없다.
그래서 운다.

것이 목을 막아 고개 돌리고 흐르는 눈물 훔치기도 미안한데 그냥 부둥켜안고 속절없이 울 수밖에요.

술 퍼먹고 이런 글 끼적여 보았댔자 그 아이들 되살아나지 않습니다.

탓을 돌리려면 제대로 돌려야 합니다. 몇 분 몇 초가 삶과 죽음을 가르는 판에 '세월호 선객 전원 구조', '단원고 학생들 모두 무사'라는 거짓된 정보를 내보내 구조의 손길을 멈추게 한 '정보기관'이 '일급 살인자'입니다. 먼저 이 '정보기관'이 어떤 정보기관인지를 찾아야 합니다. 그리고 이 거짓 정보를 방송과 신문을 통해서 퍼뜨린 '언론'이 '이급 살인자'입니다. 배가 갈앉고 있는데도 위에서 시키는 대로 고분고분 선실 안에 머물러 있으라는 방송을 거듭 내보낸 '그 사람' 목소리는 '삼급 살인자'입니다.

'대통령'이 제대로 대통령 노릇을 하려면 그 입에서, "내 탓이오. 그리고 대통령인 나마저 속이려 든 내 밑에 있는 사람들 탓이오." 하는 말이 나왔어야 합니다. 그런데 어쩐된 셈인지 이런 바른말을 드러내 놓고 하는 사람마저 없는 세상이 되었습니다. 이런 세상 바로잡지 않으면 앞으로도 우리 아이들 살릴 길이 없습니다.

'윗물이 맑아야 아랫물도 맑다.'는 속담이 있지요. 누가 윗물인가요. '세월호' 선장이, '청해진 해운'이, '관피아'가, '해경'이, '해수부'가 윗물인가요? 아닙니다. 내가 시키는 대로 따르라고, '정답'을 아는 사람은 나뿐이고 그 정답은 하나뿐이라고, 내가 손가락으로 가리키는 사람들이 '일급 살인자'라고 서슬 퍼렇게 외치는 사람이 바로 윗물 가운데 '윗물'이고, 이 모든 빌미를 마련한 사람입니다. '그'가 누구인지 여러분도 알고 저도 압니다.

그 사람을 그 자리에 모신 사람은? 여러분이고 접니다. 따라서 내 탓이고 우리 탓입니다. 나는, 우리는 탓 돌릴 길이 없습니다. 그래서 웁니다.

대답 없는 질문

추석을 나흘 앞두고 팽목항 호젓한 곳에 가서 머리를 깎았습니다. 일흔 넘은 늙은이들이 나라를 이 꼴로 만들어 우리의 미래인 아이들을 수장시켰다는 말을 듣고 '그게 바로 나로구나!' 하는 뒤늦은 일깨움에 이대로 있어서는 안 되겠다는 생각이 들어서요.

아직 시신을 건지지 못해 진도 실내 체육관에 머물고 계시는 어느 어머님 곁자리에서 하룻밤을 새우고, 일요일에는 시청 앞, 광화문 광장, 유족들이 대통령 면담을 기다리며 동사무소 앞마당에서 노숙하고 있는 청운동 동사무소 들을 두루 들러 제 잘못을 빌었습니다.

그날 저녁으로 제주도에 가서 추석날 아침에 4·3 희생자들이 묻힌 곳들을 찾았습니다. 현기영 선생이 쓴 소설 '순이 삼촌' 무대인 북촌리에 들렀습니다.

돌무더기를 조그맣게 쌓아올린 애기 무덤 한 귀퉁이에 놓인 노란 귤을 보니 속절없이 가슴이 저려 왔습니다. 서북청년단으로 이루어진 '빨갱이 사냥꾼' 둘이 이 마을 언저리에서 목숨을 잃었다는 것을 빌미로 애 어른, 여자 남자 할 것 없이 온 마을 사람들 436명이 하루 만에 떼죽음 당한 곳입니다. 미군정과 이승만 단독정부 정권 때 저질러진 짓입니다. 대를 이어 땅을 일구고 물질을 하고 그물 던져 고기를 잡고 살던 평화로운 이 바닷가 마을에서 어떻게 이런 일이 벌어졌는지는 아직도 제대로 밝혀지지 않고 있습니다.

뒤늦게 살해 현장으로 돌아온 살아남았던 사람들이, 주검으로 널브러져 있는 아이들만 따로 모아 돌로 시신들을 묻은 이 돌무덤들에, 아직도 뻘 속에 묻혀 있을 세월호 아이들의 모습이 겹쳐서 떠올랐습니다. '순이 삼촌'에 나오는 피의 기록이 겹쳐 쌓인 마을 사람들 주검처럼, 바로 서지도 못하고 널브러져 있는 비석 한 귀퉁이에 털썩 주저앉아 애꿎은 담배만 빨아 댔습니다.

'우리가 무슨 짓을 저질렀지? 또 무슨 짓을 저지르고 있는 거지?'

눈앞이 아뜩해 왔습니다.

우리 아버지는 6·25 전쟁이 시작된 날부터 9·28 서울 수복 때까지 채 석 달이 되지 않는 사이에 셋은 인민군으로, 나머지 셋은 국방군으로 끌려 나가 죽은 아들들을 가슴에 묻고 사셨습니다. 눈물 한번 비추지 않던 그 눈에서 피눈물이 흐르는 것을 저는 어렸을 때 본 기억이 있습니다. 하얀 베갯잇에 점점이 흩어져 있던 복사꽃보다 옅은 분홍빛 얼룩이, 눈에서 실핏줄이 터져 눈물과 함께 흘러내린 자국이라는 것을 뒤늦게야 알아챘습니다.

저는 세월호 원혼들에게 적어도 삼년상은 치러 줘야겠다는
마음으로 이렇게 아픈 곳을 찾는 발걸음을 내디뎠지만 생때같
은 자식들을 가슴에 묻은 어머니 아버지들은 숨을 거두는 날
까지 그 아픔에 피눈물을 흘릴 것입니다.

"이 눈물을 닦아 주지는 못할망정 그 아픔을 함께 나누려고
밥을 굶고 있는 이들 옆에서 이른바 '폭식투쟁'을 일삼는 저
철없는 사람들을 어찌해야 하나요?"

추석날 밤 한라산 중턱에 떠오른 달에게 물었습니다. 아무
대답도 듣지 못했습니다.

가슴 아픈 연하장

지난해에는 단동 창고에 보관 중이던 콩이 썩어 내다 버려야 했습니다. 북에 보내지 못한 의료 시약도 유효기간이 지나 폐기 처분해야 했습니다. 세밑에는 북녘 지도자의 급서라는 뜻밖의 소식이 전해져 한반도의 겨울 추위가 얼마나 계속될지 가늠할 길이 없습니다. 어둠이 짙을수록, 앞날이 불확실할수록 북녘 어린이들의 안부가 더 걱정스런 어제오늘입니다.

'어린이어깨동무' 이사장이 저에게 보낸 연하장의 앞부분에 실린 글입니다. 이 글을 읽는 순간 가슴이 아려 왔습니다. 아시는 분은 잘 알겠지만 어린이어깨동무는 그동안 북녘 어린이들의 건강도 지켜 주어야 한다는 뜻에서 북녘에 아동 병원도 세우고, 영양 결핍에 시달리는 아이들 걱정에 두유 공장을 짓기도 했습니다. 그뿐만 아니라 남녘에서는 한 번 쓰고 버리는 주사기도 북녘에서는 귀한 의료 기구로 여겨 버리지 않고 소독을 해서 여러 차례 쓴다는 사실을 알고, 기증받거나 사서 창고에 쌓아 두고 보낼 날이 오기만 이제나저제나 기다리고 있다는 이야기도 벌써 몇 해 전에 들었습니다. 시약들도 마찬가지고요.

그런데 지금 정부에서는 굶주리고 있는 동포들에게 식량을 보내는 것부터 아이들에게 갈아 먹일 콩, 아이들 병원에서 꼭 필요한 약과 주사기까지 보내지 못하게 막아서는 바람에 콩은 창고에서 잔뜩 썩어 나 버릴 수밖에 없었고, 의료 용품은 이미 유효기간이 넘어서 고스란히 폐기 처분할 수밖에 없었다니, 아이를 키우는 부모로서 이보다 더 가슴 아픈 일이 어디 있겠습니까.

어린이어깨동무가 김대중 대통령과 노무현 대통령 정권 때 어느 대기업에서 거저 빌려준 공간에서 더부살이하다가 정권이 바뀌자마자 당장 비우라는 바람에 '민족의학연구원' 건물로 옮아가 새로 둥지를 튼 사실을 아는 분은 거의 없으리라 여깁니다.

이렇게 큰 어려움을 겪으면서도 우리 아이들은 통일된 나라에서 오순도순 도우면서 살아야 하고, 그 징검돌을 뜻 맑은 이들이 놓아야 한다는 흔들림 없는 믿음으로 어려운 살림을 꾸려 온 분들이 보낸 연하장에 담긴 사연이어서 더 가슴이 저렸습니다.

이 어둠이 언제나 가실까요? 남녘에 큰 흉년이 들었던 때인 1980년 초에 북녘에서 식량을 보내 주어 온 나라 사람들 가슴을 따뜻하게 했던 기억이 엊그제 같은데, 심지어 군사정권 때조차 꼭 필요한 것들은 인도주의 정신에서 이렇게 주고받을 수 있었는데, 그때보다 더 뒷걸음질 친 남북 관계는 언제 어떻게 다시 복원될 수 있을까요?

　세계에서 마지막으로 남은 두 동강 난 나라, 그래서 가까운 중국 여행조차도 '해외여행'이 될 수밖에 없는 나라를 후손에게도 물려주어야 한다는 매정한 부모 가운데 혹시 나도 끼어 있지 않은지 한 번쯤 되돌아보아야 할 때인 듯합니다.

　유난히 눈이 많이 내리는 한겨울입니다. 이 눈이 떡가루였으면 하고 퀭한 눈으로 바라볼 북녘 아이들의 여윈 모습이 떠오르는 순간입니다.

'영세중립'의 꿈

'영세중립.' 낯선 낱말이지요?

나이 든 어느 스님한테 '영세중립 평화통일'에 대해서 말을 꺼냈더니, '영세'가 무어냐고 묻더라고요. 머리에 '영세민'이 떠올랐나 봐요. 그래서 스위스나 오스트리아나 코스타리카가 모두 '영세중립국'이라고 일러 드렸더니, 그제야 고개를 끄덕거리더군요. 그 스님 나이가 환갑이 넘었는데도 그래요. 그래서 세대 차이란 참 무서운 거구나 생각했어요. 우리가 어렸을 적에는 흔히 듣던 낱말이었거든요. 하긴 그때도 이 세상에 영세중립국은 스위스밖에 없는 줄 알았어요.

제가 언젠가 〈한겨레〉 신문에 '우리는 토끼다'라는 제목으로 글을 쓴 적이 있어요.

우리 나라에는 아직도 우리가 미국이나 러시아처럼 땅덩어리도 크고 군사력도 강했으면 좋겠다고 생각하는 사람들이 많아요. 그래서 한때 우리 영토를 바이칼 호수까지 넓히자는 헛소리를 하는 사람도 있었지요. 그러나 젊은이들을 전쟁터에 몰아넣어 멀쩡하게 잘 사는 마을들을 들부수고 다른 나라에 쳐들어가 로마제국이나 대영제국을 만드는 게 누구에게 좋을까요?

우리에게 그럴 힘이 없다는 게 얼마나 다행인지 몰라요. 우리가 러시아와 맞서서 싸울 수 있을까요? 중국을 이길 수 있을까요? 미국이나 일본은요?

우리 나라를 동강 낸 '소련'이나 '아메리카합중국', 병자호란을 일으킨 '중국'이나 임진왜란을 터뜨려 서른여섯 해나 우리를 지배한 '일본'은 다 우리보다 더 군사력이 강했어요. '전쟁광'들이 맨 우두머리 노릇을 하던 이 사나운 짐승들에 둘러싸여 토끼 꼴을 하고 있는 게 '조선'이었고, 그건 지금도 마찬가지예요.

우리 나라가 이 짐승들의 먹이가 되지 않고 남누리 북누리가 하나가 되어 오순도순 살 길은 '영세중립'을 내세우고 평화통일을 이루는 길밖에 없어요. 그러려면 스위스나 오스트리아 같은 나라가 힘센 나라들에 둘러싸여 있으면서도 어떻게 중립국이 되었는지, 그리고 온 세상이 부러워할 만큼 평화롭게 잘 살고 있는지 이제부터라도 잘 살펴보아야 해요.

힘센 나라들에 기대서 잘 먹고 잘 사는 사람들은 지금 이대로가 좋으니까 '영세중립? 개나발이야!' 하면서 비웃을지도 몰라요. 그러니까 '영세중립 평화통일'은 못사는 사람들이 입밖에 낼 수밖에 없어요. 이렇게 좁은 땅덩어리 속에서 한쪽은 러시아와 중국에, 또 한쪽은 미국과 일본에 기대 사람 죽이는 무기 사들이기에 나랏돈을 펑펑 써 대서는 너도나도 살길이 없어요.

돈이 없어서 가난한 이들을 돌볼 수 없다고요? 거짓말이에요. 무기 안 사들이면 돼요. 우리 아이들 군대에서 썩히지 않으면 돼요. 그러려면 다른 길이 없어요. 남북이 손잡고 영세중립국을 만들면 돼요.

쉽겠느냐고요? 쉽지 않을 거예요. 그러나 혼자 꾸면 백일몽으로 그치겠지만 여럿이 함께 꾸는 꿈은 현실로 이루어질 수 있어요. 남녘의 썩썩한 머스마가 북녘의 꽃다운 가시내 만나서 러시아 대륙 횡단 열차를 타고 바이칼 호수로 신혼여행 떠나는 꿈, 얼마나 멋져요? 그러기 위해서라도 '영세중립'을 다 같이 꿈꿉시다.

이제 잔머리 그만 굴려요

2011년 1월 5일에 통계청이 발간한 '2010 북한의 주요통계지표'에 따르면 북녘의 1인당 국민 총소득이 960불에 그쳐 17,175불인 남녘보다 17.9배나 적다네요.

이 기사가 실린 같은 날 신문에 '한 달에 40만 원이 조금 웃도는 기초 생활 수급비 가지고는 생활이 안 돼 죽음을 선택한다.'는 유서를 남기고 60대 노부부가 자살한 사연이 실렸습니다. 이 노부부가 받은 1년 '수급비'를 미국 돈으로 환산해 보니 1인당 2,000불이었습니다. 아니, 1인당 소득이 960불밖에 안 되는 북녘 동포들도 사는데 그 두 배가 넘는 소득이 있는 분들이 생활고로 자살을 하다니요! 그렇다면 1인당 국민 소득이 200~300불 수준인 정말 가난한 나라 사람들은 어떻게 살 수 있지요?

'평균 국민소득'이라는 야바위놀음에 속아 넘기 쉬운 서민들을 위해서 거두절미하고 기초 생활비 가운데 도시 서민들이 탈 수밖에 없는 버스 삯만 가지고 '거품경제'를 까발려 볼까요? 제가 대학에 다니던 1960년대 초에 시내버스 요금이 5원이었습니다. 서민 식당 백반값이 15원, 20원 하던 시절이었지요. 지금 버스 삯이 1,000원 넘게 오르고 백반값이 4,000원 위로 뛰었으니, 이리저리 손꼽아 보면 생필품값이 적어도 100배에서 200배쯤 뛰어오른 셈입니다.

2010년 남녘의 1인당 국민소득을 후하게 쳐서 20,000불로 잡더라도 서민들 처지에서는 100배에서 200배 오른 기초 생활비에서 거품을 빼면 100불에서 200불을 밑도는 1960년대 소득으로 살고 있다는 계산이 나오네요. 그러니 자살한 노부부 1인당 소득은 10불에서 20불 수준으로 떨어지고요. 바로 이것이었네요. 아프가니스탄 사람들이 아직 굶어 죽지 않고, 그보다 소득이 열 배, 스무 배 더 된다는 이 땅의 '기초 생활 수급자'가 생활고로 자살한 까닭이 바로 여기 있네요.

'평균'에 속아 넘어가지 맙시다. 다른 평균 지수도 미덥지 않지만 특히 경제에서 소득으로 둔갑하는 평균 지수는 우리 사회같이 경제 불평등이 극단에 이른 곳에서는 아무짝에도 쓸 모가 없습니다. 아니 그래, 년간 소득이 수십조 원에 이른다는 어느 재벌 총수는 년간 소득이 2,000만 원을 밑도는 서민들보다 능력이 100만 배 1,000만 배 더 뛰어나답니까?

머리 잘 굴리는 한 명이 손발 놀려 일하는 백만 명을 먹여 살린다는 헛소리를 해서 온 나라 사람들을 그럴싸하게 현혹시킨 어떤 얼빠진 늙은이한테 들려주고 싶은 말이 떠오르네요.

"당신이 걸치고 있는 옷, 꿰고 있는 신발, 밥통으로 들어가는 음식, 그거 다 몸 놀리고 손발 놀리는 사람 피땀으로 이루어진 거요. 이제 잔머리 그만 굴려요!"

로마제국이 망한 까닭

모든 제국은 멸망합니다. 'G20(세계 주요 20개국 모임)'이라고 거들먹거리는 제국들도 같은 길을 걸을 것입니다. 이 제국들을 멸망시킬 현대판 '게르만족'은 이른바 '이주 노동자'들입니다.

현재 G20에 속하는 거의 모든 나라에서 농업, 어업, 광산업, 임업 같은 기초 생산을 뒷받침하는 노동력은 이주 노동자들입니다. 도시에서도 힘드는 일, 그러나 살아남는 데 꼭 필요한 노동을 하는 사람들도 이분들입니다. 이 '이주 노동자'들은 어려서부터 손발 놀리고, 몸 놀려 일하는 생산 교육을 받은 사람들입니다. 머리도 좋습니다.

이분들이 처음에는 떠밀려서, 그다음에는 자발적이고 주체적으로 먹을 것, 입을 것, 잠자리를 마련하는 일을 온몸으로 감당하고 있습니다. 이미 유럽이나 미국 같은 나라는 이 젊고 허드렛일도 마다 않는 옛 식민지나 반식민지 노동력을 수입하지 않으면 살아남기 힘든 나라가 되어 버렸습니다. 옛날에는 군대를 보내 나라 뺏고 자원을 약탈하고 현지에서 식민지 백성 고혈을 빨던 제국들이, 지난 오십 년 사이에 정책을 바꾸어 옛 식민지 백성들을 제 나라로 끌어들여, 그 젊고 싱싱한 피를 빨아 잔명을 유지하는 늙은 흡혈귀들로 바뀌었습니다.

이제 나이 들어 노동력을 잃은 그 늙은 흡혈귀들과 머리 굴리는 일만 배워 몸은 강시나 좀비로 바뀌어 버린 제국의 젊은 흡혈귀들은 이미 기초생산 영역에서 천리만리 떨어져 있어서 스스로 제 앞가림하지 못하는 집단 치매에 걸려 있습니다.

게르만족이 용병으로 들어와 있다가 반란을 일으켜 하루아침에 로마제국을 쑥대밭 만들었다고요? 천만에요. 게르만족은, 사치와 방탕에 빠진 농민으로 구성되었던 옛 로마제국군들이 노쇠하고 나태하고 안일해진 틈을 파고들어 생산 기지 전반을 장악했습니다. 그 결과가 로마제국 멸망이고요.

이 새로운 용병들을 쫓아내자고요? 극우 애국 전선을 결성하자고요? 그러면 누가 먼저 죽는데요? 다른 길이 없습니다. 이주 노동자들을 하늘처럼 모시고, 칙사로 대접하고, 이분들 일손과 머리 씀을 배워야 합니다. '다문화'는 인류가 조금 더 오래 살아남기 위한 마지막 기회일지도 모릅니다.

그런데 현실은 어떤가요? 이주 노동자들에 대한 적대감이 세계 늙은 제국들 사이에서 날이 갈수록 커지고 있고, 우리 나라 같은 삼류 제국에도 그 못된 돌림병이 들어와 우리도 어느 틈에 흡혈귀 대열에 들어서고 있습니다.

참으로 두렵고 두려운 일입니다.

하나 마나 한 게임

내로라하는 스무 나라에서 저마다 한 명씩 조직폭력배 우두머리를 서울에 보낸다고 칩시다.

'조폭'들은 대체로 비공식 모임을 갖지만 더러 공식 모임도 갖습니다. 북미 갱스터, 러시아 마피아, 중국 삼합회, 일본 야쿠자, 영국 훌리건……. 요즈음 이 사람들 단순한 주먹들이 아니라 그 나라 경제계 거물들이기도 하답니다. 뭐하러 이 땅에 오겠느냐고요? 저도 잘 모릅니다.

금융 자본이 온 세계를 휩쓸고 간 뒤끝에는 서구 자본주의를 본뜬 나라 가운데 열에 아홉이 쪽박을 차고 빚더미에 올라앉아 그 고통을 서민들한테 덤터기 씌우기 십상이라는데, 우리도 지난 1997년에 그 벼락을 맞은 적이 있습니다. 한 번 맞은 벼락, 두 번 안 맞으라는 법이 있습니까? 그래서 저는 별달리 할 일도 없고 하니 이참에 이 '세계 대표 조폭'들이 모여 한판 벌이면 저와 이 나라에, 그리고 우리 서민들한테 무슨 일이 생길까 지레짐작해 보기로 했습니다.

저는 도박을 '게임'이라고 하는 줄을 〈게임의 법칙〉이라는 영화를 보고 처음 알았습니다. 게임? 놀이? 그럴싸합니다. '국제금융조폭'들 주머니 사정에 비추면 일이천억 불 잃고 따는 것이야 어린애 장난일 수 있겠습니다.

그러나 어지간한 재력을 가진 중진국 형편에서도 판돈을 잘 못 대면 나라가 거덜 나는 게 국제 간 금융 게임입니다. 따라서 국제 조폭들이 저마다 제 나라를 대표해서 도박판을 벌인다면, 우리 나라 조폭 두목이 미리 꼬리를 사리고 '자리 값이나 받고 개평이나 뜯자.'는 속셈으로 일찍이 판에서 빠진다면 모를까, 돈 딸 욕심에 눈이 멀어 섣불리 판에 끼면 곧바로 나라 망치기로 이어지지 않을까 하는 걱정이 앞섭니다. 왜냐고요? 저는 외할아버지가 투전판에서 패가망신하여 딸들마저 색주가에 팔아넘긴 가문에서 태어났거든요. 그래서 일찍이 그 '게임의 법칙'에 대해서 공부를 좀 한 셈입니다.

아주 단순합니다. '돈 놓고 돈 먹기'입니다. 도박판에는 만고불변의 법칙이 있는데, 이것은 로또에서 당첨되는 것과는 달리 '돈이 돈을 딴다.'는 것입니다. 다시 말해서 '돈 많은 놈이 장땡 잡는다.'는 게 게임의 법칙입니다.

더블유티오(WTO) 체제에서 '장땡'은 국가 수준에서든, 투기 금융 수준에서든, 지하 경제 수준에서든 늘 '코큰놈'이 잡았습니다.

조폭 세계라고 예외는 없을 겁니다. 만일 스무 나라 조폭들이 너나없이 판에 끼어 판돈을 쌓아 올린다면, 마지막에 판돈을 싹쓸이할 놈은 보나 마나 북미 갱스터일 게 빤합니다. 저마다 돈 딸 욕심으로 판을 벌이려고 하지만, 게임의 법칙을 모르

고 덤비는 조무래기 나라 조폭 두목 몇이나 미끼에 걸려 패가
망신을 할까 나머지 조폭들은 아예 판에 끼어들지 않으려 할
것이니, 이 판 벌리나 마나입니다.

　우리 나라 조폭이요? 이 판에 끼지 않도록 한사코 말려야
지요. 그럴 가능성이 없다면요? "국제 조폭, 니네 땅으로 떠나
라!" 하고 외쳐야지요. 몰아내야지요. 그런다고 떠날까요?

　글쎄, 두고 볼 일입니다. 우리 모두 두 눈에 촛불 밝혀야 할
지도 모르겠습니다.

평화 발자국

이 세상에서 가장 힘겹고 어려운 싸움은 평화를 지키는 싸움입니다. 가장 위험한 싸움이기도 합니다. '그리스도의 평화'는 예수가 십자가에서 흘린 피를 먹고 자랐습니다. 아테네의 평화를 지키려던 소크라테스는 일흔 나이에 독배를 들이켜야 했습니다.

어디 그뿐인가요. 비폭력 불복종 운동으로 피 흘리지 않고 영국으로부터 독립을 쟁취해 낸 간디는 여든 나이에 총 맞아 죽을 수밖에 없었습니다. 그 밖에도 평화운동의 제단에 목숨을 바친 사람은 한둘이 아닙니다.

전쟁광들이 가장 두려워하고 싫어하는 적은 자기들과 맞서는 다른 전쟁광들이 아닙니다. 그네들과는 언제 어디서든지 이해관계가 맞아떨어지면 손잡고 얼싸안을 수도 있습니다. 이번에 오바마와 아베가 백악관에서 그랬던 것처럼요.

일본 군국주의를 대표하는 아베의 외할아버지 '기시 노부스케'가 미국의 진주만을 공격한 전쟁범죄자였다는 사실을 오바마는 빤히 알고 있습니다. 오바마를 대통령으로 밀어 올린 아메리카합중국이 히로시마에 원자폭탄을 떨어뜨려 수십만이나 되는 사람을 떼죽음으로 몰아넣었다는 사실을 아베가 모르고 있을 리도 없습니다.

그런데도 마치 서로 간이라도 빼 줄 듯이 친분을 과시하는

이 세상에서 가장
힘겹고 어려운 싸움은
평화를 지키는 싸움입니다.

것은 앞으로 벌어질지도 모르는 중국과의 전쟁에서 서로 손을 잡는 것이 이롭다고 여겼기 때문입니다.

그동안 보리출판사에서는 '평화 발자국'이라는 시리즈로 평화운동에 연관되는 책들을 여러 형태로 펴냈습니다. 그 첫 권이 권정생 선생님이 쓰고 화가 이담이 그린《곰이와 오푼돌 이 아저씨》입니다. 미국과 소련으로 상징되는 사나운 호랑이 두 마리가 이 땅의 남녘과 북녘을 상징하는 오누이를 어떻게 물어 갔는지를 쓰고 그린 그림책인데, 권정생 선생님은 이 책 이 나오기를 기다리시다 못 보고 돌아가셨습니다.

그 뒤로도 '평화 발자국'은 어려움을 무릅쓰고 한 걸음 두 걸음 이 땅에 평화의 이정표를 남겼습니다.

《내가 살던 용산》에서는 용산 참사를 그려 내고,《사람 냄 새》《먼지 없는 방》두 권은 삼성반도체가 저지른 범죄행위를 고발했습니다.

《짐승의 시간》에서는 김근태 선생에 대한 짐승 같은 고문 을,《어느 혁명가의 삶 1920~2010》은 평화통일을 위한 투쟁 에 일생을 바친 노혁명가를, 그리고《노근리 이야기 1부 - 그 여름날의 기억》에서는 노근리에서 벌어진 미군의 민간인 학 살을 그렸습니다.

위안부 할머니의 삶을 그린《끝나지 않은 겨울》, 제주 강정

마을을 해군기지로 바꾸려는 전쟁광들과 맞서는 주민들의 싸움을 그린 《너영 나영 구럼비에서 놀자》도 있습니다.

이 책들은 민들레 홀씨처럼 '꼬마 평화도서관' 운동의 바람에 실려 온 나라 구석구석에 퍼질 것입니다. 그리고 이 땅에 반전 반핵 평화통일 운동의 불꽃으로 타오를 것입니다. 저는 이 불길이 미국과 일본, 중국과 러시아까지 번져서 전쟁광들의 전쟁 의욕을 꺾고 이 땅에 평화와 통일의 밑거름이 될 수 있다면 죽어도 한이 없겠습니다.

우리 말

3장

가시버시 손잡고 가는 길

개똥 같은 개소리 한마디

엊그제 골목길을 걷다가 어느 집 담벼락에 붙은 쪽지를 하나 보았습니다. 흰 종이에 얌전하고 또박또박한 글씨로 다음과 같이 쓰여 있었습니다.

"애완동물의 배설물을 수거해 가시기 앙망합니다."

겸손과 교양이 뚝뚝 묻어나는 듯한 그 글을 읽고 '풋' 하고 웃음이 터졌습니다. 제집 앞길에 널려 있는 개똥을 보고도 꾹 참으면서 이렇게 유식한 말로 타이를 수 있는 그 마음가짐이 돋보이기도 하지만, 세상에! 이게 어느 입에서 나온 어느 나라 말이래요? 재미 삼아 글자를 세어 보았습니다.

스무 자나 되었습니다. 이 말을 쉬운 우리 말로 쓰면, "개똥 치워 가세요."가 되겠지요. 아마 쓴 분도 그렇게 쓰고 싶었을 것입니다. 그런데도 불쑥 치미는 화를 갈앉히고 이렇게 에둘러 쓰느라고 얼마나 애썼을까요?

어쩌면 이분 머릿속에 '개똥'은 상스러운 말이고 '애완동물의 배설물'은 고상한 말이라는 그릇된 생각이 박혀 있지 않을까요? 그리고 '치워 가세요.'라는 말이 너무 거친 말이라고 여겨지지 않았을까요?

그러나 이렇게 속마음을 감추고 외래어투성이 글로 제 뜻을 나타내려는 버릇은 좋은 버릇도 아니고, 이런 글을 교양 있는 글이라고 보기도 힘듭니다.

오늘도 그 집 앞에 개똥이 널려 있는 것으로 보아, 개를 끌고 그 집 앞을 지나간 사람은 그 글을 읽고도 무슨 뜻인지 몰랐거나 개가 그 글을 읽고 '무슨 개 같잖은 소리야!' 하고 심술을 부렸을지도 모를 일입니다.

언제부터 어린애들도 못 배운 사람도 쉽게 알아들을 수 있는 우리 말이 상스럽게 들리고, 힘 있는 사람들이 힘센 나라에서 마구잡이로 끌어들인 외래어로 도배된 어려운 말을 꾸역꾸역 뱉어 내는 못된 말버릇에 '우아'와 '교양'의 딱지가 붙게 되었을까요?

신문에서도, 방송에서도, 그리고 학자나 정치가의 입에서도 보통 사람들은 알아듣기 힘든 '교양 있는' 외래어가 줄줄이 흘러나옵니다. 오죽하면 우리 나라에서 나온 국어사전은 외래어 사전이지 국어사전이라고 부르기 낯부끄럽다고 하는 분들이 있을까요?

"새누리당 당직자 여러분, 애완동물 배설물 유사한 언사를 중지하시기를 요망합니다."

유병언의 주검과 함께 세월호 사건도 묻어 버리고, 보고를 받지 못했으니 책임질 일이 없다는 흰소리로 윤일병의 참혹한 살해 사건마저도 등 돌리는 '헌누리당 구쾌의원'들에게, 꼭 이렇게 아무도 알아듣지 못해서 비위를 건드리지 않을 '언어'를

'구사'해야 몸보신이 된다고 여기실 분이 있을지도 모릅니다.

저도 한때 교양이 철철 흐르는 어려운 말을 입에 달고 다니던 사람이고, 먹물 가운데 먹물이었습니다. 더러운 말버릇을 고치느라고 스무 해 가까이 죽을 똥을 싼 끝에, 제 입에서 무슨 말이 튀어나오는지 한번 들어 보실래요?

"어이, 헌누리! 개소리 집어치워!"(참, 교양 없지요?)

마음에서 우러나는 말은 교양의 탈을 뒤집어쓰지 않아도 됩니다.

망한 나라

삶이 바뀌면 말도 바뀝니다.
때는 시간으로 곳은 공간으로
무슨 마을 무슨 동네는 무슨 무슨 로와 길로…….
부엌을 주방으로 신장개업하고
가마솥 자리는 가스레인지가 차지합니다.
밥상은 식탁이 되고 뒷간은 집 안으로 들어와
화장실이나 토일렛이라는 이름을 달고
부엌살림은 주방 기구가 됩니다.

일은 노동으로 농사는 농업으로, 일차산업으로
참 때는 간식 시간으로 갓난애는 영아로
춤은 무용으로 노래는 가곡으로
그림은 회화로 글쟁이는 문필가, 작가로…….
일터는 노동 현장이 되고 쟁기질은 트랙터가 하고
잔치판은 여가 산업에 내줍니다.

정치, 경제, 사회, 문화, 철학, 인문학, 사회학, 자연과
학…….
이 말들 모두 '메이드 인 재팬'입니다. 식민지 시대에 먹물
들이 현해탄 건너에서 실어 온 말입니다.

헌법, 형법, 민법, 국가보안법, 판사, 검사, 변호사
죄다 일본 말이고, 이들이 쓰는 말도 왜말투성이입니다.

식민지 시대에 뿌려진 말의 씨앗들이
마구잡이로 움트고 자라서
멀쩡한 우리 말들 사투리로 딱지 붙여
등 돌리고 짓밟고 몰아내어
국어사전 들추면 열에 여덟이 물 건너온 말이고
그 가운데 태반이 못 알아들을 말입니다.

그러나 그건 약과입니다.
로데오거리에는 룸살롱, 헤어숍, 켄터키치킨집이 즐비하고
원어민 발음에 목마른 엄마들은 아이들 혀 밑 힘살을 잘라
냅니다.
미제는 양잿물도 달고 똥 냄새도 구수합니다.
오오, 망한나라, 대한민국.

말 어렵게 하는 사람들

우리가 살아가는 데 도움이 되고 살림에 보탬이 되는 말은 거의 모두 쉬운 말들입니다. 예부터 사람들은 가장 입 밖에 내기 쉬운 소리로 가장 가깝거나 소중한 것들을 가리켰습니다. 이를테면 엄마, 아빠는 입술만 떼면 젖먹이도 낼 수 있는 소리지요. 물, 밥, 몸, 배 같은 말도 마찬가지입니다.

(물을) 마시다, (배가) 부르다, (무가) 맛있다, (불이) 밝다, (물이) 맑다, (바람이) 불다, (목이) 마르다 같은 말은 어떤가요? 찾아보면 외마디나 두 마디로 이루어진 소리 내기 쉬운 우리 말이 지천으로 깔려 있습니다. 이렇게 말이 쉬워도 살아가는 데, 살림을 꾸리는 데, 오순도순 말을 주고받고 뜻을 모으는 데 아무 어려움이 없었습니다.

그러다 어느 때부터인지 어려운 말을 입 밖에 내면서 어려운 글을 마을 담벼락에 붙이던 사람들이 창 들고 칼 차고 마을을 휘젓고 다니는 일이 벌어졌습니다. 그 사람들이 귀, 눈, 입, 코를 '이목구비'라고 해야 사람대접해 주겠다고 윽박질렀습니다. '새, 하늬, 마, 높(뒤)'을 '동서남북'으로 불러야 한다고 하고, '모래내'를 '사천'으로 '바람들이'를 '풍납동'으로 '삼개'를 '마포'로 마을 이름까지 제멋대로 바꾸어 버렸습니다.

어디 그뿐인가요. '해'를 '태양'이나 '년'으로, '달'을 '월'로, '날'을 '일'로 써야 교양 있다고 우기고 '자지, 보지'는 입 밖에 내면 욕이 되니 '남근, 여근'으로, '샅'은 '음부'로 바꾸어야 남세스럽지 않다고 가르쳤습니다. 그래서 '양'은 '위장'에 자리를 내주어 '양에 안 찬다.'는 말이 어디서 왔는지 모르게 하고, '애'를 '창자'로 바꾸어 부르라는 통에 '애타다', '애먹이다', '애닳다', '애끓다' 같은 말도 뿌리를 잃었습니다.

옛날 지배자였던 사람들이 중국 말을 끌어들이고 흉내 내서 멀쩡한 사람들을 상스럽고 무식한 사람들로 만들고, 식민지 시대에 새로운 지배 세력으로 발돋움했던 사람들이 일본식 한자를 마구 끌어들인 데다가, 일류 대학 나오고 유학까지 갔다 온 잘나가는 사람들이 꼬부랑말을 들여와 거리거리 집집마다 간판으로 내걸고, 그 말들이 그럴듯하다고 너도나도 덩달아 입에 달고 다니는 바람에 '이야기'는 어린애나 시골 노인들이나 나누는 것으로 알고, 학식 있는 교양인은 '담론'을 해야 되는 것으로 알고들 있습니다.

삶에서, 살림에서 멀어진 이 어려운 말이 퍼지면 보통 사람들이 살길은 점점 더 막히게 됩니다. 이렇게 해서는 어린애도 시골 무지렁이 할배도 무슨 말을 하는지 알아들을 수 없어서 민주 세상은 그만큼 까마득해집니다. 말 어렵게 하는 사람들을 멀리합시다. 그 사람들은 '민중' 편이 아닙니다.

고향 말

저는 고향 말을 잃었습니다. 어린 나이에 사는 곳을 자주 바꾸었기 때문이지요. 그래서 제가 태어난 고장 언어에 까막눈이거나 귀 어두운 사람처럼 잘 알아듣지 못하는 때가 가끔 있습니다. 그때마다 주고받는 이야기에 서먹함이 끼어들어 서로 불편함을 느낍니다.

저는 학교교육을 받은 뒤로 글을 쓸 때 '표준말'로 쓰는 것을 당연하게 여겼습니다. 그러나 어느 순간 제가 그렇게 쓰는 게 당연한 일은 아니라는 생각이 들었습니다.

어느 날 '서울말'이 아니라 '제주도 말'이 표준말로 바뀌었다 칩시다. 그래서 새로운 표준말인 제주도 말로 글을 써야 할 처지에 놓인다고 합시다. 제가 한 줄이라도 제대로 쓸 수 있을까요? 그럴 수 없을 것 같습니다.

서울말에 바탕을 둔 '은근과 끈기'를 경상도 사람들한테 들은 그대로 글로 옮기라면 열에 아홉은(따로 서울말 발음을 미리 익히지 않았다면) '언건과 껀기'로 쓰기 십상일 겁니다. 마치 전라도 사람들이 '의복'이라는 말을 듣고 '으복'이라고 쓸 법한 것처럼요.

많은 사람들이 글쓰기에 어려움을 느끼는 까닭은 고향 말을 그대로 써서는 안 되고, 표준말로 써야 한다는 제약 때문이 아닐까요?

여러 고장에서 자연스럽게 익혀 쓰는 고향 말에는 그 고장 생활양식에서 우러나는 자연스러운 생각과 정서가 깃들어 있습니다.

저한테 우리 나라 작가가 쓴 소설 가운데서 딱 한 작품만 고르라고 한다면 저는 망설이지 않고 권정생 선생님이 남기신 〈한티재 하늘〉을 들겠습니다. 하나만 더 고르라면 이문구 선생님이 쓴 《관촌수필》을 꼽겠고요.

그런데 〈한티재 하늘〉에는 권 선생님 고향 말인 안동 말이 지천으로 깔려 있습니다. 《관촌수필》에는 서천 말로 도배가 되어 있고요. 그래도 이 작품들 '문학성'에는 아무런 손상이 없습니다. 아니, 도리어 표준말이 아닌 그 고장 토박이말들이 '문학적 가치'를 높이는 데 큰 몫을 하고 있습니다.

저는 이 고향 말들이 아주 소중한 우리 말의 한 갈래로 대접받아야 한다고 봅니다. 그리고 적어도 초등교육 과정에서는 제 고향 말로 글을 쓰는 것이 부끄러운 일이 아니라 자랑스러운 일이 되어야 한다고 믿습니다.

저와 편지를 주고받는 이 가운데 열네 살 난 어린이가 있습니다. 태어나서 자란 고향이 부산입니다. 이 아이는 늘 '윤구병 선생님애개'로 시작하는 편지를 보냅니다. 저는 '사랑하는 ○○에게' 하고 답장을 쓰지요. 이 어린이 귀에는 '애'와 '에'가

구별이 안 됩니다. 그래서 '에'를 '애'로 쓰거나 '애'를 '에'로 쓰는 게 아무렇지도 않습니다. (어떤 사람이 '예술'을 '얘술'이라고 발음해도 앞뒤 말을 잘 가려들으면 '예술'을 가리키는 게 분명하니까 잘 알아듣습니다.)

주고받는 이야기 내용이 먼저고, 그 내용을 담는 형식은 그 다음입니다. 고향 말로 우리 아이들이 마음껏 재잘대도록 놓아둡시다. 고향 말은 귀로 들으면 노래가 되고 글로 옮기면 시가 됩니다.

가시와 버시

'가시버시'라는 말이 있습니다. 거의 안 쓰이는 우리 말이지요. 부부를 가리키는 말입니다.

중국 말이 들어오기 전에 '여자'를 우리 말로 어떻게 불렀을까요? 옛 기록을 살피면 '가시'로 불렀습니다. '화랑(花郎)'을 '가시내'라고 불렀다는 기록도 있고 '서방각시' 할 때 '각시'나 '아가씨' 같은 말에도 그 자취가 남아 있습니다.

요즈음 여자를 '꽃'으로 표현하면 언짢아하는 '여성'들이 있다고 들었습니다. 여자를 노리개로 대상화한다고 여기기 때문이겠지요. 그러나 여자를 꽃으로 보는 것은 대상화, 사물화와는 거리가 멉니다.

'여자'를 가리키던 말인 '가시'는 15세기에는 '곶'으로, 그리고 18세기 이후로는 '꽃'으로 바뀌지요. 그러니까 꽃을 여자에 비유한 것은 풀과 나무가 피워 올린 아름다움을 도드라지게 여성화한 것이지요. 다시 말해 사물을 의인화한 좋은 본보기라 할 수 있습니다.

한글은 세종 때 지은 우리 글이지만 우리 말은 아이들 입에서 싹텄습니다. 아이들은 입 밖에 내기 가장 쉬운 소리에 가장 소중한 뜻을 담습니다.

'마(엄마, 마마)', '바(아빠, 파파)'는 다물었던 입술이 열릴 때 맨 먼저 튀어나오는 소리입니다. 물, 불, 비, 바람, 밀보리, 벼,

우리 말 속에는 우리 삶에 가장
소중한 것들이 들어 있습니다.

밭, 벌(들판), 뫼(산), 메(들), 매(흐르는 물), 빛, 볕……. 모두 입술소리입니다. 이 말 속에는 우리 삶에 가장 필요한 것들이 들어 있습니다.

소리 내기 힘든 말일수록, 그리고 힘센 사람들이 힘센 나라에서 마구잡이로 들여온 말일수록 우리가 살아가는 데 쓸모없는 말이기 십상입니다. 그런 말 버리고 깨끗한 우리 말, 쉬운 우리 말을 되찾자고 하는 까닭도 다른 데 있지 않습니다. 꼭 필요한 말만 하자는 뜻입니다.

아이들은 쓸데없는 말은 입에 올리지 않습니다. 아이들한테 '입 다물고 내 말 잘 들어!' 하고 윽박지르지 말고, 아이들 말을 귀담아들어야 합니다. 아이들 말을 귀 기울여 듣는 일은 우리 말을 되살리는 첫걸음입니다.

이렇게 쓸 만한 우리 말들이 방언, 사투리로 한 곁에 제껴지고 교과서에도 사전에도 교양 있는 지식인들이나 알아들을 수 있는 어려운 말들이 가득합니다. 이 버릇 그대로 놓아두면 힘센 사람들만 입을 여는 이 고약한 세상을 바꾸어 낼 길이 없습니다.

내 고향 표준말이 우스갯거리가 되고, 서울 사투리 흉내가 대접을 받는 문화 시민 의식에서 하루빨리 벗어나야 말의 민주화가 이루어지고, 말의 민주화가 이루어져야 삶의 민주화도

자리가 잡힙니다.

'여자'보다 '꽃(가시)'이 더 아름답습니다. '남자'보다 '벗(버시)'이 더 믿음직합니다.

'가시'와 '버시'가 손잡고 가는 길은 '가시밭길'이 아니라 '꽃'과 '벗'이 함께 가는 '가시밧길'입니다.

노벨상을 못 받는 까닭

저는 노벨상에 큰 값을 매기지 않습니다. 노벨이 상금으로 내놓은 돈이 다이너마이트를 발명해서 번 돈이고, 다이너마이트는 인류의 삶에서 도움을 주기보다 전쟁 무기 개발과 생태계 파괴를 통해 더 큰 해를 끼쳐 왔기 때문입니다.

그래도 노벨상은 그 상을 받는 사람뿐만 아니라 받는 나라에도 여전히 큰 자랑거리로 여겨지고 있으니, 한글날을 맞아 이 나라가 왜 아직까지 기초 학문 분야에서 노벨상을 못 받고 있는지 그 까닭 가운데 말과 연관된 실마리를 한 가닥 들춰 보려고 합니다.

노벨 물리학상을 여러 차례 거머쥔 일본은 우리 나라, 중국, 일본 세 나라 가운데 가장 먼저 서양 문물을 받아들인 나라입니다. 중국과 우리 나라가 현재 쓰고 있는 '과학 용어'를 한자로 짜 맞추는 데 앞장선 나라도 일본이고요.

이를테면 영어 '파티클(particle)'을 '입자(粒子)'로, '웨이브(wave)'를 '파동(波動)'으로 번역한 사람도 일본 학자들입니다. 입자를 굳이 우리 말로 옮기면 '싸라기(쌀+아기)', 파동은 '물결움직임'쯤 될 것입니다. 하지만 이렇게 옮겨서야 과학을 연구하는 데 별 도움이 안 됩니다. 쌀이나 물이 무슨 생각을 불러일으키겠나요.

우리가 '식민 본국'인 일본 제국주의를 징검다리 삼아 서구 기초과학을 받아들이지 않고 곧바로 받아들였다면, 우리는 서구 과학의 기초 개념을 우리 말로 달리 옮기려고 애를 썼을 것입니다. 그러는 가운데 '파티클'이 무엇인지, '웨이브'가 무엇인지에 대해 더 깊이 파고들었을 겁니다.

우리 말에는 '파티클'을 드러낼 수 있는 말이 여럿 있습니다. 밤톨이나 쌀 한 톨을 나타내는 '톨'도 있고, '알'도 있고, 티끌을 나타내는 '티'도 있습니다. '웨이브'를 드러내는 말도 마찬가지입니다. 물결, 숨결, 살결을 가리키는 '결'이라는 훌륭한 우리 말이 있지 않은가요.

우리는 아직까지 소립자, 아원자, 중성미자 따위로 불리고 있는 작디작은 '티'들이 보이는 움직임이 제힘에 따르는 것인지, 남의 힘에 따르는 것인지 모르고 있습니다. 다시 말해서 이 티들의 맨얼굴, 민낯을 모르고 있습니다. '입자'를 쌀가루가 아닌 '맨티' 또는 '민티'로 옮겼을 때 이것이 그냥 무기물인 '민티'인지, 또는 유기물의 흔적이 그 안에 담겨 있는 '산티'인지 더 따져 볼 실마리가 주어진다는 말이겠지요.

질량과 에너지도 마찬가지입니다. '$E=mc^2$'이라고 적어 놓으면 멋있어 보이지만, 그리고 E가 에너지를, m이 질량을, c가 빛의 속도를 나타내는 약자라는 걸 배우기는 배웠지만 그것으로 그만입니다.

문제는 물리학을 꽤 깊이 연구한 사람에게도 일깨움을 주지 못한다는 데 있습니다.

　질량을 '덩이'로, 에너지를 '힘'으로 옮기고 나서 '힘'이라는 말이 어디에서 나왔는지, 이 '힘'이라는 게 '함'과 '됨'과 어떻게 이어져 있는지 꼼꼼히 따져 보아야 물질현상, 생명현상에 대한 우리 나름의 공부가 영글 수 있고 무르익을 수 있겠는데, 다른 나라 사람들이 그 나름으로 애써서 만들어 놓은 개념을 그냥 수박 겉 핥듯이 핥고만 있으니, 무슨 깊이 있는 공부를 할 수 있겠습니까.

초강력 수면제

문화체육관광부에서《철학을 다시 쓴다》를 2013년 철학 윤리학 심리학 부문 최우수 교양도서로 뽑았다고 알려 왔습니다. 속으론 즐거웠지만 겉으로는 아닌 척했습니다. 많이 팔려서 출판사 살림에도 보탬이 되고, 나도 인세를 좀 많이 챙겼으면 하는 생각이 굴뚝같은데도 어쩐지 좋아해서는 안 될 것 같아서요.

그래서 가지고 다니는 수첩에 '상, 또는 합리적 의심'이라는 제목으로 끼적끼적 낙서를 했습니다.

상을 받았다. / 일흔 넘은 나이에 처음으로. / 철학, 윤리학, 심리학 부문 / '최우수 저술' 상이란다. // 내 책 읽고 무슨 소린지 / 알 사람 이 세상에 / 아무도 없을 텐데…… . // 모른다고 말하기 쪽팔려서 / 어떤 이가 건성으로 잘 썼다고 / 헛기침하니까 모두 덩달아서 / 그래그래 고개를 끄덕대서 / 주는 상인 것 같다. //《철학을 다시 쓴다》/ 도서관에서 750만 원어치 사 주는 게 상금이다. / 도서관에 책 펼쳐 놓고 / 널브러져 자는 놈년들 늘겠다. / 두 쪽도 넘기기 전에 잠이 오는 / 초강력 수면제!

'힘 있는 사람들이 힘센 나라에서 들여온 어려운 말' 쓰지 말고 누구나 주고받을 수 있는 쉬운 우리 말로 글을 써야 한다고, 세 살배기 아이들도 알아듣고 까막눈인 시골 어르신들도 귀담아들을 수 있는 말로 '참'과 '거짓', '좋음'과 '나쁨'을 가릴 수 있어야 '참 세상', '좋은 앞날'을 꿈꿀 수 있다고 귀가 닳도록 이야기하는데도 인문학을 코에 걸고 사는 교양 있는 사람들이 입만 벙긋하면 담론이 어떻고, 소통이 어떻고 떠들어 댑니다. 그런 판에 죽을 날 머지않은 늙은이가 열 마디 백 마디로 좋은 세상 앞당기자고 입에 거품을 물어 봤자 한 귀로 듣고 다른 귀로 흘려버리면 그만인데, '철학적 사유를 매개로 좋은 정치를 꿈꾸는 모든 사람들이 이 책을 읽으면 좋겠습니다.'라는 추천사를 거들떠볼 사람이 몇이나 될까요?

어쩌다 보니, 내 책에 대한 어쭙잖은 '홍보'가 되어 버렸네요! 에라, 내친걸음입니다.

'좋은 세상을 앞당기기 위한 윤구병의 철학 강의《철학을 다시 쓴다》', 너도나도 한 권씩 사서 책장에 꽂아 놓으세요. 저절로 최우수 교양인이 될 수 있고, 초강력 수면제로서도 맞춤이니까요. 하하.

쉬운 우리 말로 세상 바꿉시다

말이 어지러워지고 사나워지고 있습니다. 어쩌다 인터넷 여기저기에 올라오는 글을 보면 이것이 내 나라 말인가 싶을 때가 있습니다.

서양 말의 뿌리를 캐다 보면 그리스어와 라틴어로 드러나는 일이 많습니다. 지중해를 휩쓴 '아테네 제국', '모든 길은 로마로 통한다.'는 말이 있을 만큼 유럽의 넓은 땅을 짓밟은 '로마 제국'의 숨결이 느껴지지요.

중국 말도 마찬가지고 영어도 다르지 않습니다. 이 모두가 제국주의 언어입니다. 어린애들도, 못 배운 사람들도 그 뜻을 알기 힘든 말들입니다. 돈 많고 지체 높은 사람들만 익힐 수 있었고, 저희끼리 주고받으면서 그 말을 알아듣지 못하는 가난한 사람들을 짓밟던 말들입니다.

있는 사람들은 어렵고 낯선 이 말들을 줄줄이 입 밖으로 쏟아 내면서 없는 사람들 기를 죽입니다. 그리고 자랑스러워합니다. 못된 버릇입니다. 이 버릇 제대로 고치지 않으면 민주 세상 오기 어렵습니다.

그런데 인문학 바람을 타고 힘 있는 사람들이 힘센 나라에서 들여온 이 어려운 말들이 날이 갈수록, 해가 갈수록 널리 퍼지고 있습니다. 걱정스럽습니다. '사람 사는 땅'이라고 해도 될 말을 굳이 '인간의 대지'라고 합니다. '좋고 나쁨 사이'로 써도 될 글을 '선악의 경계'라고 쓰면서 으스댑니다.

'상생한다'는 말을 '같이 산다'로 바꾸고, '동일성'을 '같음'으로 '차별성'을 '다름'으로, '자타의 구별 없이'를 '내남없이'로 쓰면 어디 덧나나요?

어느 틈에 알아듣기 쉽고 좋은 우리 말이 어려운 외래어로 이루어진 표준말에 밀려 사투리로 깔보이는 세상이 되어 버렸습니다. 그리고 오랫동안 쓰이지 않다 보니, 이 사투리를 아껴서 쓴 뛰어난 문학작품들은 따로 뒤에 말 풀이를 해 놓아야 읽을 수 있게 되어 버렸습니다. 이 '언어 식민 상태'에서 하루빨리 빠져나와야 합니다.

한마디 한마디 내뱉을 때마다 남이 귀담아들을 수 있는 말인지, 누구나 쉽게 뜻을 깨칠 수 있는 말인지 곰삭히고 되새겨야 합니다. 깨끗하지 않은 낯선 나라 말들을 씻고 또 씻어서 깨끗한 우리 말의 결을 되살려야 합니다.

'청산유수 같은 언어 구사 능력'보다 '물 흐르는 듯한 말솜씨'가 더 알아듣기 쉽지 않습니까? 꼭 우리 말이 더 듣기 좋을 때만 있지는 않을 수도 있습니다. 더러 말이 귀에 설고 뻑뻑한 느낌을 주더라도 '틀에 박힌(상투적) 말본새(언어 표현)'보다 내 나라 말로 제 뜻을 나타내는 것이 더 바람직하지 않을까요?

있을 것만 있고 없을 것은 없으니 좋다

있을 것만 있고 없을 것은 없는 세상은 좋은 세상입니다. 거꾸로, 있을 것이 없고 없을 것이 있는 세상은 나쁜 세상입니다. 좋음과 나쁨은 모두 있음과 없음에 걸려 있습니다. 참과 거짓도 마찬가지입니다. 있는 것은 있다고 하고 없는 것은 없다고 하는 것이 참말이고, 있는 것을 없다고 하고 없는 것을 있다고 하는 것이 거짓말입니다.

이렇게 우리가 있다, 없다로 참과 거짓, 좋음과 나쁨을 가려 보기에 '있음'과 '없음'은 우리가 아끼고 제대로 써야 할 우리말의 뼈대 가운데 뼈대입니다.

있음과 없음을 '존재'와 '무'로 바꾸어 쓰는 것은 나쁜 말버릇입니다. 우리가 다른 사람과 말을 주고받을 때 '존재'나 '무'라는 말은 거의 입 밖에 내지 않습니다. 살아가는 데 큰 쓸모가 없고 이런 말로는 쉽게 참과 거짓, 좋음과 나쁨을 드러낼 수 없기 때문입니다.

신문과 방송을 보고 들으면 알아들을 수 없는 말, 알아보기 힘든 글로 도배가 되어 있습니다. 거의 모두 물 건너온 말들입니다. 어떤 말은 압록강을 건너오기도 하고, 현해탄을 넘어오기도 하고, 태평양 건너 군함 타고 쳐들어오기도 했습니다. 국어사전을 들추어 보면 열에 일고여덟이 외래어입니다.

이 나라가 언어 식민지로 바뀌었습니다. 외래어를 입에 달

'좋음'과 '나쁨'은
모두 '있음'과 '없음'에
걸려 있습니다.

고 사는 사람이 유식하고 교양 있는 사람으로 우러러 받들리고, 쉬운 우리 말로 이야기를 주고받는 사람은 토론회나 학술대회 같은 데서 입도 벙긋할 수 없는 세상이 되어 버렸습니다.

말살이가 이래서는 안 됩니다. 말살이를 제대로 못하면 살림살이도 거덜 납니다. 이를테면 봄철, 여름철, 가을철, 겨울철 할 때 쓰는 우리 말 '철'을 굳이 '계절'로 바꾸어 쓰는 사람이 있는데, 이런 사람은 철모르는 사람입니다. 철이라는 우리 말은 쓰임새가 아주 넓습니다. 철없다, 철 있다, 철난다, 철들었다……. 이런 말 모두 제철 음식 먹으면서 한 철 한 철 들고 나본 사람들이 써 버릇한 말입니다. 아무도 '계절 없다', '계절 있다', '계절 난다', '계절 든다'고 하지 않습니다. 그렇게 말하면 알아들을 사람이 없습니다.

이처럼 다른 이들이 못 알아듣고, 들어도 뜻 모르는 말만 골라 쓰는 사람들이 늘어나면서 우리 말은 더러워질 대로 더러워지고 있습니다. 큰일입니다. 말길이 바로잡혀야 합니다.

누군가 공자한테 나라 다스리는 자리에 서면 가장 먼저 무슨 일을 하겠느냐고 물었을 때 '말길을 바로잡겠다.' 했다고 합니다. (저는 '정명, 正名'이라는 말을 이렇게 풀고 싶습니다.)

새겨들음 직한 말입니다.

'두루널리'와 '여긴 달라'

두루 널리 보고 싶은 사람이 있었습니다.

두루 널리 차지하고 싶은 사람이 있었습니다.

두루 널리 퍼뜨리고 싶은 사람이 있었습니다.

두루 널리 심고 싶은 사람이 있었습니다.

두루 널리 빛나고 싶은 사람이 있었습니다.

두루 널리 죽이고 싶은 사람이 있었습니다.

두루 널리 다독거리고 싶은 사람이 있었습니다.

(……)

탐험가, 정복자, 선교사, 식민주의자, 연예인, 전쟁광, 예수, 부처, 마호메트……. 이런 이름들이 두루 널리 알려지고, 이런 사람들을 뒤따르고자 하는 사람들이 두루 널리 힘을 얻었습니다.

두루 널리 이름을 얻고 싶은 사람은 수학자, 공학자, 기술자, 발명가, 사상가, 학자, 정치가…… 쪽으로 줄을 서기도 했습니다. 그러나 가만히 보니 '두루널리'는 사람들끼리 저만 잘 살자고 벌이는 '짬짜미'였습니다.

그 꼴을 보다 못해 꼬챙이처럼 날이 선 제주도 호미가 나섰습니다. "여긴 달라." 날이 손바닥처럼 넓은 전라도 호미도 덩달아 나섰습니다. "여긴 달라." 그러자 구석구석 숨죽이고 있던 것들이 너도나도 나섰습니다. "여긴 달라." "여긴 달라." 그 가운데는 온갖 사투리들도 있었고, 노래와 춤도 있었고, 저마다 다른 솜씨로 빚어진 먹을 것, 입을 것, 잠자리, 살림살이도 있었습니다.

"여긴 달라." 꾸역꾸역 사람들이 삶터를 넓힌답시고 떼 지어 덤비는 통에 오랫동안 지켜 온 삶터를 잃고 외진 골짜기로 몰려난 가재가 말했습니다. "여긴 달라." 아스팔트 위를 떠돌다 겨우겨우 흙에 내려앉은 민들레 홀씨가 소곤거렸습니다. "여긴 달라." 비무장지대로 찾아든 갖은 풀씨와 물고기들과 새와 짐승들도 기뻐서 소리를 높였습니다.

깜짝 놀란 '두루널리'가 여기저기 흩어져 있는 '여긴달라'들을 짓밟기 시작했습니다. 도시의 이름으로 마을을 없애고, 마을 이름마저 '길'로 바꾸는 바람에 온 나라 사람들이 길바닥에 나앉게 되었습니다.

'두루널리'는 힘센 나라 글들을 들여와 표준말로 삼고 제 나라말은 업신여겨 사투리로 못 박아 국어사전에서마저 몰아냈습니다.

'두루널리'가 과학기술문명을 앞장세워 '십진법', '미터법', '더블유티오(WTO)', '에프티에이(FTA)', '에이즈(AIDS)'……들을 온 세상 구석구석 퍼뜨리는 서슬에 '여긴달라'는 발붙일 곳이 없었습니다.

그러나 '꼭 같은 것보다 다 다른 것이 더 좋아.' 하고 속삭이는 것들이 하나둘 늘어났습니다.

'네 모습도 다르고 내 모습도 다르잖아. 그래서 사람들이 너도 알아보고 나도 알아보는 거잖아. 여긴 이렇게 다르고 저긴 저렇게 다르잖아.' 하는 속삭임이 민들레 홀씨를 타고 널리널리 퍼졌습니다.

그러자 '두루널리'는 식민지 학자들을 시켜 제 이름은 '보편성'으로 창씨개명 하고 '여긴달라'에는 '특수성'이라는 딱지를 붙였습니다.

바람들이와 풍납동

'쉽다', '곱다'는 '쉬+ㅂ다', '고+ㅂ다'와 같이 'ㅂ다'로 이어진 그림씨(형용사)입니다.

우리 말에는 '밉다', '곱다'나 '어여쁘다(예쁘다)', '살웃브다(서럽다, 슬프다)'처럼 'ㅂ다', '브다'가 뒤에 붙어 풀이말이 이루어지는 말 쓰임이 많습니다. 이때 'ㅂ다', '브다'는 '닮았다', '비슷하다', '같다'는 뜻에 가깝습니다.

반가운 사람을 만나면 기쁘지요? 이때 '반갑다'나 '기쁘다'는 말에도 'ㅂ다', '브다'가 붙어 있습니다. '반갑다'는 말은 '반할 것 같다.'는 말과 크게 다르지 않습니다.

'기쁘다'는 말을 풀면 '깃브다'가 됩니다. 이 말은 '깃드는 것'을 떠올립니다. 이때 '깃'은 둥지이고 집이고, 내가 쉴 곳, 나를 감싸 줄 곳, 비바람을 막아 줄 잠자리입니다. 이렇게 얼핏 추상되게 들리는 우리 말 하나하나에는 단단한 알갱이가 들어 있습니다.

'쉽다'는 '쉬는 것 같다.'는 말이고 '곱다'는 '고(높이 솟은 것. '고'는 우리 얼굴에서 높이 솟은 데인 '코'의 중세 말입니다.)와 닮았다.'는 뜻을 지니고 있습니다. '물은 맑고, 불은 밝고, 바람은 분다.'에서 '맑다', '밝다', '분다'가 '물'과 '불'과 '바람'과 닮은 꼴임을 눈여겨보면 알 수 있습니다.

머지않은 옛날에 우리는 '부모님 은혜는 하늘과 같다.'는 말을 곧잘 듣고 자랐습니다. 우리는 어머니 아버지가 거두어 먹이고 돌보아 주신 것을 무척 고맙게 여깁니다. '고맙다'는 뜻이 바로 '하늘과 같다'는 뜻입니다.

'고마', '가마'는 5세기까지 '하늘'을 가리키는 말로 두루 쓰였습니다. 그때까지 우리 말에는 받침이 거의 쓰이지 않았다고 합니다. 그러니까 우리 옛 어른들께서는 닿소리(자음)와 홀소리(모음)가 모여서 낱소리를 이룬다고 여긴 것이지요. (홀소리는 따로 소리가 나기도 하지만요.)

새삼스럽다고요? 그렇겠지요. 이제는 모두 서양 물이 들어 '무슨 무슨 로', '무슨 무슨 길'로 바뀌어 버린 우리 땅 이름마저 그사이에 지키지 못해서, 서울에서는 '모래내' 같은 곳만 드물게 우리 말 이름을 지니고 있을 뿐 나머지는 죄다 물 건너 들어온 힘센 나라들 말로 바꿔치기 당했으니까요. 이런 꼴을 유식한 사람들은 '언어 식민화'라고 부르더군요.

이를테면 옛 서울 토박이들이 '바람들이'라고 불렀던 곳은 '풍납(바람 風, 들 納)'동이 되었고, 한강 물이 감아 도는 데라는 뜻을 지녔던 '감은돌이'는 '흑석(검을 黑, 돌 石)'동이나 '현석(검을 玄, 돌 石)'동이 되어 버리고 말았습니다. 그래서 쉽고 고운 우리 말이 불러일으키는 건강한 창의력과 상상력을 죄다 메마르게 만들어 놓고 말았습니다.

정답이 하나뿐이고, 그 정답을 제대로 가르쳐 줄 사람은 힘 있는 사람들이라고 우겨, 온 나라 사람들 의식을 획일화시켜서 세월호 참사를 빚어낸 것만으로 모자라, 우리 아이들에게 다시 한자 교육을 시키자고 떠들어 대는 저 철없는 사람들을 '매국노'라는 말 말고 달리 어떻게 불러야 할까요?

삶의 문을 여는 열쇳말

'열쇳말'이라는 말 들어 보셨어요? 아마 요즈음 젊은 분들 귀에는 '키워드(Keyword)'라는 말이 더 귀에 익을지 모르겠어요. 저는 어느 나라 어느 시대나, 그 나라 그 시대의 얼을 드러내는 열쇳말이 있다고 봅니다.

우리 나라 사람들이 까마득한 옛날부터 오늘에 이르기까지 가장 사랑한 것은 무엇이었을까요? 곰입니다. '환웅'이라는 이름으로 옛 역사책에 올라 있는 '환한 수컷'이 농사일을 거드는 데 없어서는 안 되는 우레, 번개, 비, 구름 같은 신들을 거느리고 내려왔을 때, 짝이 되겠다고 맨 먼저 온 짐승 가운데 곰과 범이 있었다는 건 다 아시죠? '웅녀'와 '호랑이'가 아니었느냐고요? 아닙니다. 이들은 짐승이 아니었어요. 짐승의 탈을 쓴 다른 무엇이었지요.

우리 나라는 반달곰을 빼고는 곰이 흔했던 나라도 아니고, 곰이 각별한 사랑을 받던 나라도 아니에요. 그런데 땅 이름, 사람 이름, 그 밖에 여러 가지 이름 가운데 곰과 연관된 이름이 한둘이 아니지요.

땅 이름으로 가장 널리 알려진 곳은 옛 백제 도읍지 가운데 하나인 곰나루(공주의 옛 이름)지요. 고구려 국내성이 있었던 개마고원의 '개마'도 '고마', 다시 말해서 곰이었다고 해요. 금와왕의 '금'도, 김알지의 '김'도, 단군왕검의 '검'도, 가마솥의 '가마'도, 깜깜한 그믐밤의 '그믐'도, 하늘에 줄을 치고 사는 '거미'도 모두 곰에서 갈려져 나온 말이라고 보면 되는데 이 곰의 말 뿌리를 캐다 보면 '검'이 나와요.

〈천자문〉 첫마디가 어떻게 시작되지요? 천지현황(天地玄黃)을 적어 놓고 그 밑에 '하늘 천 따 지, 검을 현 누를 황'이라고 써 놓았지요? 이걸 풀면 '하늘은 검이고, 따(땅)는 누리다.'는 말이에요.

밤에 보는 하늘은 검지요. 그래서 우리 나라 사람이나 중국 사람들이나 하늘을 검이라고('천'을 '현'이라고) 부르고 땅을 누리라고('지'를 '황'이라고) 불렀어요. 우리 말 '검다', '누르다'라는 그림씨는 여기에서 생겨난 말이에요. 그러니까 우리 나라 사람들은 짐승인 곰을 사랑한 게 아니라 '곰'이나 '검'이나 '감'으로, 더 옛날에는 '고마', '개마', '금와' 같은 말로 쓰인 '하늘'을 사랑했어요. 그리고 '하늘', '한날' 곧 나중에 한자 말 '태양'으로 기록되는 '해'를 섬기기 앞서, 수컷을 신격화하기 앞서 암컷인 '곰'을 더 우러렀어요.

우리 신화에 자주 나오는 범도 호랑이가 아니에요. 밤, 깜깜한 밤이에요. 중세 국어를 한자음으로 적어 놓은 〈계림유사〉에는 '범'은 '밤'으로 적혀 있어요. 이 밤은 해와 달이 된 오누이를 잡아먹으려고 뒤쫓은 밤이기도 하고, 환웅에게 자기도 까

맡기는 곰과 마찬가지 아니냐고, 저를 짝으로 맞아 달라고 졸라 대던 그 밤이기도 해요.

그 말이 제대로 제자리에 있으면 다른 모든 말이 살아 움직이게 되는 말을 우리는 열쇳말이라고 해요. 물 건너온 많은 낯선 말들은 우리 삶과 앎의 열쇳말이 될 수 없어요. '곰'과 '범'을 '웅녀'와 '호랑이'로 옮기는 순간 우리는 짐승을 섬길 수밖에 없어요.

꽃들도 모두 검은 꿈을 꿉니다

많은 사람들이 흰 것은 좋은 것으로, 검은 것은 나쁜 것으로 봅니다. 우리 옛 시인들도 예외는 아니었습니다. 그래서 '까마귀 싸우는 곳에 백로야 가지 마라.'는 시조까지 생겼겠지요.

그러나 저는 검은 것을 좋아합니다. 마을 어르신들의 검게 탄 얼굴과 손발이 좋습니다. 하루 종일 땡볕에 까맣게 그을은 시골 아이들의 뛰노는 모습도 보기 좋습니다.

우리 민족이 '백의민족'이라고 뽐내는 사람이 아직도 더러 있습니다. 그렇지만 저는 이런 식의 민족주의나 애국심을 그다지 좋아하지 않습니다.

〈천자문〉의 첫 귀절은 '하늘은 검고 땅은 누르다.'로 시작합니다. 이 말은 본디 하늘은 '검'이요, 땅은 '누리'라는 말에서 나왔습니다. '푸르다'가 '풀'에서 나오고 '붉다'가 '불'에서 나온 것과 마찬가지입니다.

밤하늘이 본디 하늘빛이고, 푸른 하늘은 햇빛에 바랜 하늘빛입니다. '검'인 하늘, 검은 하늘은 뭇 별들을 죄다 끌어안고 있습니다. 해도 달도 그 별 무리 가운데 듭니다. 모든 색을 끌어안은 색도 검은색입니다. 햇빛이 들지 않는 깊은 바다도 검습니다. 그 너른 품에 온갖 물고기들을 품고 있습니다. 땅속도 마찬가지입니다. 살아 있는 모든 것들의 잠과 꿈을 끌어안고 있는 '밤'이라고 다를까요?

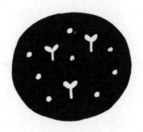

검고 검은 것이
모든 것을 싹트게 하고 키우는
어미 노릇을 합니다.

〈삼국유사〉에 나오는 '단군왕검'은 사람이 아닙니다. 수컷은 더더욱 아닙니다. 삼국시대의 우리 말로 옮기면 '밝달잇검' 쯤으로 소리 났을 텐데 이 말을 풀면 '하늘을 이은 밝(해)의 딸' 곧 '땅', '누리'로 해석됨 직합니다.

그러면 수염 길게 늘인 우리 첫 조상은 어떻게 생겨났느냐고요? 우리 말을 잘 모르는 못난 후손들이 꾸며 낸 남성 중심의 그릇된 신화 해석이라는 게 이 할배의 생각입니다. 조금 놀라셨나요?

신라 시대 임금으로 알려진 '김알지'가 성은 '김'이요 이름은 '알지'인 고유명사가 아니라 '검의 아지', 다시 말해서 '하늘의 아이'이고 중국 말로 옮기면 '천자(天子)'라고 풀이하면 더 놀라시겠네요. (김알지는 경주 김씨의 시조로 알려져 있습니다. 우리 나라 토박이 성씨인 '김'도 하늘을 가리키는 '검'에서 비롯된 것으로 볼 수 있습니다.)

'한글날'이 국경일이 된다는 반가운 소식을 들었습니다. 우리 말을 아끼고 사랑하는 것은 엇나간 민족주의나 애국심에 바탕을 둔 국수주의와는 아무 상관이 없습니다.

'흰 것'만 받자 하고 '검은 것'을 마다하는 편견은 버려야 합니다. 더더구나 힘센 '흰둥이'들이 힘없는 '검둥이'들을 살갗 빛이 다르다는 까닭만으로 인종차별을 서슴지 않는 이 삐뚤어진 세상에서 모든 것을 '흑백논리'로 가위질하는 것은 바람직하지 않습니다.

밤이 오면, 단잠을 이루는 온갖 빛깔의 꽃들도 모두 검은 꿈을 꿉니다. 낮에 하얀 해를 향해 풀과 나무의 새순이 발돋움하는 사이에도 뿌리는 검디검은 땅속으로 뻗습니다.

검고 검은 것이 모든 것을 싹트게 하고 키우는 어미 노릇을 합니다.

아이들

4장

죽어 가는 교실 안의 십자가여!

벗

우리는 벗이 없는 세상에 살고 있습니다. 이런저런 '친구'들은 많겠지요. 학교 친구, 직장 친구, 동아리 친구, 편지를 주고받는 친구, 술친구, 뜻이 맞는 친구……. 그러나 한평생 기쁨과 슬픔, 좋은 일과 궂은일을 함께 겪었고, 겪을 수 있는 벗은 눈 씻고 찾아봐도 없는 사람이 많을 겁니다.

우리 할아버지, 그 할아버지와 할머니, 또 그 할머니들이 살던 마을 공동체에서는 그런 벗들이 둘레에 수두룩했습니다. 같은 해에 태어나 함께 소꿉장난하고, 숨바꼭질하고, 연 날리고, 공기놀이하던 벗. 자라면서 함께 모심고, 김매고, 옹기종기 모여 길쌈하고, 그네 타고, 널뛰던 벗. 나이 들어 우르르 모여 사랑방에서 새끼 꼬고, 삼실 잣고, 윷놀이하던 벗. 늙어서는 나무 그늘 아래 모여 앉아 장기, 바둑 두고, 함께 옛 추억 주고받으며 '늙으면 죽어야지.' 하고 푸념을 나눌 수 있는 벗이 바로 이웃에 있었습니다.

돌 때 사립문 곁에 심은 오동나무, 모정 가를 두른 느티나무. 그리고 평생을 씨 뿌리고 가꾸던 보리, 밀, 수수, 벼, 콩, 배추, 무, 상추같이 서로 목숨을 주고받고, 목숨을 지키고, 목숨을 나누는 다른 벗들도 있었습니다.

그 벗들이 정을 나누고 뜻을 같이하여 두레패도 만들고, 풍물패도 만들고, 잔치도 함께 즐기고, 상여도 함께 멨지요.

벗은 서로 그러기로 손가락 걸고 맹세를 하지 않더라도 늘 곁에 있으면서 태어나 죽을 때까지 등 돌리지 않고 도우면서 살았고, 마을 살림을 함께했습니다.

벗에 둘러싸여, 벗과 함께 오순도순 서로 도우며 사는 삶은 얼마나 든든하고 복에 겨운가요.

그러나 젊은이들이 새로 생긴 낯선 도시로 뿔뿔이 흩어져서 저마다 제 밥벌이를 할 수밖에 없는 자본주의 시장경제 사회에서는 제 이웃을 돌볼 겨를이 없습니다. 저마다 제 앞가림 하기 바쁘니, 그리고 저도 못살아 허덕이는 터에 어떻게 '친구' 일에 발 벗고 나설 수 있겠는가요?

우리는 모두 어느 틈에 고향을 잃으면서 벗들도 잃어버렸습니다. 설이나 추석 명절에 어쩌다 고향 마을에 돌아가 함께 자라면서 아름다운 추억을 공유했던 낯익은 얼굴을 보면, 그 순간 깜짝 반가워해도 그이들 사이는 이미 벗이 아닙니다. 눈에 익은 산과 들에 자라는 나무와 풀들이 손짓해도, 그것들이 우리 집 울타리를 두르고 목숨을 지켜 주던 또 다른 벗임을 알아보지 못합니다.

스스로 제 앞가림을 하는 힘을 길러 주고 서로 도우면서 사는 힘을 키워 주는 것이 교육인데, 크게는 아이들 곁에 자연이라는 큰 스승이 없고 작게는 오순도순 도와서 살던 '꾀벽쟁이'

벗들도 없으니, 이 도시라는 인간의 사막에서 태어나고 자랄 수밖에 없는 우리 아이들이 언제 어디에서 제 앞가림하고 오순도순 도우면서 살 힘을 얻을 수 있을까요?

거대도시가 키워 내는 저 빌딩 숲이 풀 한 포기, 나무 한 그루 값어치도 없다는 걸 언제쯤에나 미욱한 중생들이 깨달을 수 있을까요?

썰렁한 농담 끝에 더 썰렁한 진담 한마디

제가 들은 썰렁한 농담 하나 알려 드릴까요.

엄마, 아빠, 아들, 딸 넷이 63빌딩 꼭대기에서 동반 자살을 하겠다고 뛰어내렸는데 한 사람도 죽지 않고 다 무사히 살아남았답니다. 그 까닭을 알아보니 아빠는 '기러기 아빠'고 엄마는 '새 엄마', 아들은 '비행 청소년'에 딸은 '덜 떨어진 애'였다나요.

지나가다 들은 말로 치면 그냥 웃어넘길 수도 있겠지요. 그러나 그러기에는 뒷맛이 개운치 않네요. 가시 박힌 농담으로 들리기 때문입니다.

'아이들을 겹겹이 돈으로 싸서 나라 밖 어디론가 멀리멀리 내던지면 그 아이들이 훌륭한 교육을 받아 실력도 있고 품성도 좋은 사람이 된단다.' 하는 소문이 어느 때부터인지 경제 여유가 있는 학부모 사이에 퍼지기 시작했습니다.

그래서 아이들을 미국으로, 캐나다로, 유럽으로, 호주로, 뉴질랜드로, 또 어디로 내던지는 이른바 조기 유학이 유행병처럼 번졌는데 그 결과가 썩 좋지만은 않았습니다. 그래서 엄마가 아이 곁에서 뒷바라지 겸 비행 청소년이라는 샛길로 빠지지 않게 감시하는 역할을 맡고, 아버지는 경제를 뒷받침하는, 휴가철에나 멀리 떨어져 사는 아이와 엄마를 잠깐 만나고 돌아오는 기러기 아빠 신세가 되었다지요.

이 아빠에게는 조기 유학을 보낼 만큼 기대가 큰 아들도 있었지만, 학과 성적이 썩 안 좋은 이른바 '덜 떨어진' 딸도 있습니다. 촉망 받는(?) 아들과 아내가 곁에 없고, 남편을 돈 버는 기계로 여긴다는 불신까지 겹쳐서 이 아빠는 재혼을 결심하게 됩니다.

이제 틀거리가 갖추어졌습니다.

'감시의 눈길을 벗어나 비행 청소년이 된 아들. 기러기 아빠 노릇에 지친 나머지 새 엄마를 맞아들인 아빠와 이 땅에 남은 덜 떨어진 딸. 위기에 빠진 가족 공동체. 그에 따르는 집단 투신자살.'

이 농담에는 이 땅에서 이루어지는 교육에 대한 짙은 불신이 베어 있습니다. 공교육이든 사교육이든 대한민국에서 제공하는 교육 상품은 불량 제품이라는 거지요. 내 귀한 자식들에게 '외제 교육 상품'이라는 딱지를 붙여야 국내외 인력시장에서 우수 상품 대접을 받으리라는 겁니다.

어쩌다 우리 교육이 이 지경에 이르게 되었을까요. 교육을 하는 목적은 아주 단순한데, 사람은 유전자에 입력된 정보만으로는 살아남을 수 없어서 집 짓고, 옷 짓고, 농사짓는 법을 따로 배우는 건데, 스스로 제 앞가림하는 힘을 길러 주는 것이 교육의 궁극 목표인데, 그러려면 아이들을 자연 속에서 마음

껏 뛰놀게 해야 하는데, 열심히 몸 '놀리고' 손발 '놀려서' 부지
런히 일하는 사람으로 자라게 하려면 일과 놀이가 둘이 아니
라는 것을 몸으로 깨우쳐 주어야 하는데, 사람은 서로 머리싸
움으로 갈라서서는 살아남을 수 없고 머리 맞대고 도와야 살
아남을 수 있는 생명체인데······.

　지금 이 땅에서 교육을 빙자한 자식 학대, 학생 학대를 보고
있노라면, 온 국민이 투신자살을 작심하고 63빌딩 꼭대기에
올라서 있는 듯합니다.

십자가

두 팔 벌려 손바닥에 못질하고
발 모두어 발등에 못 치고

내버려 두어도 그런 몸짓으로는
손도 발도 제대로 놀릴 수 없는데

산몸 그대로가 십자가인데
손이 놀고 발이 놀아야 살 수 있는데

아, 참혹하구나, 너 손발 묶인 채
죽어 가는 교실 안의 십자가, 십자가여!

저는 제도 교육에 매달릴 수밖에 없는 요즈음 세태가 안타
깝습니다. 여기에 대한 답은 사교육도 아니고, 대안학교도 아
닙니다. 공교육이 정상화되어야 하는데, 마른하늘에서 빗방울
떨어지기 바라는 격입니다.

우리 나라 각급 공교육 기관에서 벌어지고 있는 시험은 창
조력을 고갈시키고, 비판 의식을 깡그리 말살시키는 무서운
독입니다.

도대체 정답이 하나뿐인 문제가 이 세상 어디에 있단 말입

니까. 성경이나 불경이나 코란도 여러 가지 해석이 있고, 그 서로 다른 해석은 저마다 존중을 받습니다. 그러나 교과서에서 출제되는 우리 나라 시험 문제는 정답이 하나뿐입니다. 이 정답을 맞히지 못하면 성적이 떨어지고, 성적이 떨어지면 서열화에서 밀립니다.

여러 분야에서 뛰어난 일꾼이 될 자질을 타고난 아이들이 이렇게 성적으로 서열화시키는 공교육의 덫에 걸려 꼭두새벽부터 한밤중까지 딱딱한 걸상에 궁둥이 붙이고 자율 학습, 보충 학습에 매달립니다.

저는 제도 교육이 이루어지는 교실 안에서 하루 종일 손발 까딱하지 않고 석고상처럼 의자에 앉아 교사와 칠판만 바라보는 창백한 아이들 모습에서 십자가에 못 박힌 예수님의 모습을 봅니다.

사람은 손발을 놀려 일해야 먹고 살 수 있습니다. 손발이 묶이면 이미 죽은 목숨입니다. 손도, 발도, 몸도 마음껏, 힘껏 놀아야 할 어린 나이에, 젊은 나이에 이게 무슨 짓입니까. 이처럼 아이들을 살아 있는 강시로 만들고 좀비로 만드는 학살과 처형의 현장을 우리는 교육 현장이라고 버젓이 부르고 있습니다. 그리고 교육의 이름으로, 사랑의 이름으로 교사도, 학부모도 망나니짓을 서슴없이 저지르고 있습니다.

시험은 창조력을 고갈시키고
비판의식을 말살시키는
무서운 '독'이다.

오, 예수님, 우리는 날마다 당신 팔을 벌리고, 당신 두 발을 끌어모아 한데 겹쳐 당신 손바닥과 발등에 못을 칩니다. 교육의 이름으로, 사랑의 이름으로!

이 아이들이 몸은 이미 굳었지만 그래도 어쩌다 맑은 정신이 드는 일이 있다면 멀지 않은 뒷날 우리를 용서할 수 있을까요? 우리는 죽어서라도 용서받을 수 있을까요?

머리 좋은 사람들의 못된 짓

제가 요즈음 강연하러 여기저기 자주 다닙니다. 가는 곳마다 '아이들이 놀아야 나라가 산다.'고 떠듭니다. 개인차가 없지 않겠으나 머리 쓰는 시간이 하루 세 시간이 넘으면 집중력이 떨어져서 잡념만 생기기 때문에 아이나 어른이나 정신 건강에 도움이 안 됩니다.

머리 쓰는 시간 줄이고 손발 놀리고 몸 놀릴 틈이 늘어나야 아이도 살고 세상도 살 만해집니다. 지난 오십 년 동안 머리 쓰는 사람이 늘고 그 머리로, 살아가는 데 도움이 안 될 뿐더러 더 나아가 돈벌이에만 눈이 어두워 사람과 다른 생명체들을 해치는 쪽으로 이것저것 마구잡이로 만들어 냈기 때문에 우리네 삶이 이렇듯 팍팍해졌다고 저는 믿습니다.

전쟁 무기 생산, 사람 몸에 해로운 식품첨가물 만들기, 폭력 게임 마구 만들어 내기처럼 삶에 도움이 되기보다 해로운 쪽에 머리를 쓰는 일이 훨씬 더 많고, 해가 갈수록 늘어나는 게 요즘 세상 형편입니다.

그래서 어떤 사람은 사람뿐만 아니라 생태계 전체에 미래가 없다고 한탄합니다. 수십만 년을 두고 더불어 도우면서 살아온 자연과 인간 관계가 백 년도 안 되는 사이에 되돌릴 수 없을 만큼 망가지고, 후손들한테 물려줄 맑은 물, 맑은 공기, 건강한 산과 강 그리고 바다까지 깡그리 거덜 냈다고, 세상을 이 꼴로 이끈 그 머리 좋은 사람들 죄다 똥물에 튀겨 죽여야 한다고 입에 거품을 무는 사람들이 늘어납니다.

어떤 이들은 이른바 '하늘에서 떨어진 사람들(스카이 대학 출신들)'이 열에 아홉은 못된 짓에만 머리를 쓰고 있으니, 일류 대학부터 시작해서 머리 굴리는 것만 죽어라고 가르치고 있는 모든 교육 기관 문을 닫자고 합니다.

그리하여 중국에서 문화대혁명이 일어날 때 그랬던 것처럼 모두 시골로 '하방'시켜 우리가 밥상에 올리는 것, 우리 몸을 감싸는 것, 우리 누울 잠자리가 어떻게 해서 마련되는지 스스로 겪어 보게 해야 한다고 외치기도 합니다. 이런 말들에 솔깃해하는 축에 저도 끼어 있습니다.

저는 사람들이, 특히 도시에 사는 사람들이 더는 부지런 떨지 말고 한껏 게으름을 부려야 그나마 하나뿐인 지구를 덜 망가뜨리지 않을까 하는 생각을 요즘 들어 자주 합니다. 부지런 떨어 생산해 내는 것 가운데 열에 여덟아홉은 살림에 해로운 것들이라고 잘라 말하면 노인네 망령이라고 웃을 분이 있을지 모르겠습니다.

건강한 생산이 있어야 건강한 분배가 있고, 건강한 분배가 이루어져야 건강한 소비가 가능합니다. 그런데 건강한 생산 영역은 나날이 좁아지고 분배의 건강성도 사라졌습니다. 생산이 소비의 척도가 되는 게 당연한데도, 돈 없으면 살 수 없는 세상에 갇혀 살다 보니 먹이고 입히는 사람들을 발톱에 낀 때꼽재기만도 못하게 여겨, '내 돈 내고, 내가 사 먹는데 뭐 어때?' 하고 떵떵거리는 사람들이 쌔고 쌨습니다.

그 사람들 '돈 먹고, 돈으로 옷 해 입고, 돈 깔고, 돈 덮고 자게 하라.'는 말이 울컥 목구멍까지 치미는 때가 있습니다.

늙은 할배의 망령이겠지요.

격정이 늘었습니다

　도시에 사는 부모님들 가운데 들에서 밀, 보리, 벼가 어떻게 자라고, 언제 익어 가는지 모르는 분들이 늘어 가고 있습니다. 격정스러운 일입니다.

　머지않아 도시에서 자라는 아이들 절반쯤은 아니, 훨씬 더 많은 사람들이 산과 들, 바다를 일터로 삼을 날이 올 겁니다. 그럴 수밖에 없습니다. 세계의 식량 사정은 해가 갈수록 빠듯해지고 있습니다. 옛날에는 남아도는 곡식을 내다 팔던 나라 가운데 이제 밖에서 사들여 와야 먹고 살 수 있는 나라들이 늘고 있습니다.

　조그마한 나라들이 아닙니다. 중국, 인도, 러시아같이 큰 나라들입니다. 얼마 지나지 않아 우리 나라처럼 눈에 띄지 않을 만큼 작은 나라들은 밖에서 옥수수나 밀가루를 들여올 엄두도 못 낼 날이 올 것입니다.

　그런데도 우리 아이들은 학교에서 머리 굴리는 교육만 받고 있습니다. 머리만 잘 굴리면 먹을 것이 입에 절로 들어오는 줄 알고 있습니다. 엄마, 아빠가 손에 흙 한번 안 묻히고 살아올 수 있었으니 우리 아이들도 그러리라고, 그럴 수 있으리라고 믿겠지요.

　그러나 우리 나라 식량 자급률은 20퍼센트 남짓입니다. 시골에서 농사짓던 분들은 거의가 칠팔십 난 노인인데다 돌아가실 날이 머지않았습니다. 100퍼센트 식량 자급하겠다고 높은 산까지 파헤쳐 다랑이 밭으로 만들었다가 해마다 장마철이면 물난리가 나서 굶주리고 있는 북녘 동포의 딱한 사정은 먼 산의 불이 아닙니다.

우리 아이들을 이렇게 길러서는 안 됩니다. 하루빨리 산과 들과 바닷가로 쫓아 보내야 합니다. 열심히 몸 놀리고 손발 놀리게 해야 합니다. 그래서 부지런한 일꾼으로 길러야 합니다.

보리출판사 식구들은 한 해에 한 차례 변산공동체에 모심기를 하러 갑니다. 딱 하루인데도 몹시 힘들어하는 식구가 더러 있습니다. 어려서 몸 쓰고, 손발 쓰는 일을 제대로 익히지 못해서입니다.

씨 뿌리고, 김매고, 낟알을 거두려면 새우 등처럼 허리를 구부릴 수 있어야 하는데, 딱딱한 걸상에 하루 내내 등 붙이고 살다 보니 어려서부터 허리가 굳어 버린 사람들에게 농사일이 얼마나 힘들겠습니까.

이제까지는 그러고도 살아남을 수 있었습니다. 곡식이 남아도는 미국에 손 벌릴 수 있었기 때문입니다. 그러나 이제 미국 식량 사정도 만만치 않습니다. 옥수수기름으로 차를 굴려야 할 만큼 에너지 사정이 좋지 않을 뿐더러 인도나 중국 같은 큰 손이 해마다 더 많은 밀가루와 옥수수를 달라고 더 많은 웃돈을 내밀고 있습니다.

중국 공산당 총서기이자 주석인 시진핑은 문화혁명 때 시골로 쫓겨 가서 일곱 해나 농사를 익혔던 사람입니다. 지금 예순 살이 넘는 중국 공산당 간부 가운데 거의 모두가 어릴 때 강제로라도 땀 흘려 일한 경험이 있는 사람들입니다.

이제 머리만 굴려서는 지도자가 될 수도 없습니다. 학교 문을 죄다 닫는 일이 있더라도 우리 아이들에게 살길을 열어 줍시다.

아이들이 놀아야 나라가 산다

강연 요청이 부쩍 늘었습니다. 한 달에 열 군데가 넘는 곳에서 강연을 하기도 했습니다. '아이들이 놀아야 나라가 산다.'는 제목으로 강연을 해 달라는 요청이 많습니다. 무척 반가운 일입니다.

어머니들이 많이 모인 자리에 가면 제가 꼭 물어보는 말이 있습니다.

"어릴 때 엄마가 '밥 먹어라, 밥 먹어라.' 애 터지게 부르는데도 못 듣고 실컷 놀아 본 일이 있는 분 손들어 보세요."

거의 삼사십 대인 청중 가운데 절반쯤이 손을 번쩍 듭니다. 한결같이 입이 귀에 걸리고, 이가 하얗게 드러납니다.

"이 순간 여러분 얼굴 앞에 거울이 있으면 좋겠습니다. 손든 분들 얼굴이 그렇게 행복해 보일 수 없으니까요. 어릴 때 마음껏 뛰놀던 기억만으로도 그렇게 행복하세요?"

모두 고개를 끄덕입니다. 그 순간 제 입에서 벼락이 떨어집니다.

"아니, 어떻게 그렇게 뻔뻔스럽게 웃으면서 손을 들 수 있어요? 내 자식도 내가 그랬던 것처럼 실컷 놀도록 내버려 두고 있다고 자신 있게 말할 수 있는 분 있으면 다시 손들어 보실래요?"

모두 움찔하면서 얼굴이 굳어집니다. 왜 못 놀리느냐고 물으면 궁색한 변명을 늘어놓습니다.

'같이 놀 아이가 없다.' '다른 아이들은 공부하는데 우리 아이만 놀리면 뒤떨어질까 두렵다.' '시대가 달라졌다.' '놀 곳이 없다.'

이 말 저 말 다 그럴듯합니다. 고개가 끄덕여집니다. 그래도 그러려니 여겨서는 안 됩니다. 모질게 마음 다잡고 다시 내지릅니다.

"아무리 그렇다고, 자기는 실컷 놀아 본 기억만으로도 행복감에 젖어 저도 모르게 얼굴에 웃음꽃을 피우면서, 아이들은 놀지 못하게 가두어 놓고 불행감만 심어 준다는 게 말이 돼요?"

이런 세상을 만든 데에는 제 책임도 크다는 것을 뼈저리게 느끼면서도 이렇게 다그칠 수밖에 없습니다. 어릴 때부터 행복에 젖어 보지 못한 사람은 자라서도 행복을 찾기에 힘겨워하기 때문입니다.

놀이는 우리 아이들이 몸도 마음도 건강하게 자라는 데 꼭 필요합니다. 스스로 제 앞가림을 하는 힘을 갖추는 데에도, 서로 도우면서 사는 힘을 기르는 데에도 놀이만큼 좋은 것이 따로 없습니다. 햇살과 바람과 흐르는 시냇물과 온갖 것이 함께 자라는 산과 들과 바닷가에서 동무들과 구김살 없이 마음껏 뛰놀면서 아이들은 제 살길을 찾고, 더불어 사는 데 필요한 힘을 기릅니다.

혼자만으로는 힘듭니다. 여러 부모들이 뜻을 모으고 마음을 내야 합니다. 아이들의 '놀이연대'를 꾸리고, 틈나는 대로 아이들과 놀아 줄 차례를 정해야 합니다. 그래서 우리 아이들의 얼굴에도, 어려서 마음껏 놀아 본 기억만으로도 저도 모르는 사이에 웃음꽃이 활짝 피어나도록 가슴 가슴에 행복의 씨앗을 심어 주어야 합니다. 그래서 하루도 빠짐없이 '어린이날'이 되게 해야 합니다.

두 가지 거짓말

거짓말에는 크게 두 가지가 있습니다. 하나는 해서는 안 되는 거짓말입니다. 아이들은 아주 어려서부터 거짓말을 배웁니다. 가까이에 혼내 주는 어른들이 많을수록 거짓말은 늘지요.

아이들은 아직 몸과 손발을 제대로 부리거나 놀리지 못해서 어질러 놓거나 부수기 일쑤입니다. 아이들 손이 안 닿는 곳에 치워 둔다고 마음을 쓰는데도 그렇습니다.

이를테면 일껏 아이 손에 닿지 않으리라 여기고 선반 위에 올려놓은 꿀병을 아이가 까치발을 하고 내리려다 깨뜨렸을 때 엄마가 눈을 부라리며, "누가 그랬어?" 하고 화난 목소리로 묻습니다. 그러면 대뜸 돌아오는 대답이, "내가 안 그랬어."입니다. 어이없는 대답입니다. 묻는 말이 어이없으니 대답도 그렇습니다.

엄마는 이미 알고 있습니다. 아이도 잘못을 저질렀으니 간이 콩알만 해진 채 뉘우치고 있습니다. 아이로서는 이미 벌을 받은 셈이지요.

엄마가, "놀랐지? 엄마한테 내려 달라고 하지 그랬어?" 했더라면 아이는 가슴을 쓸어내리고 고개를 숙였을 게 빤합니다. 그런데도 엄마는 그렇게 하지 못합니다. 까닭이야 여럿이겠지요.

어렸을 때부터 혼날까 봐 두려워서 거짓말을 하는 아이들은

《벌거벗은 임금님》에 나오는 어른들이 됩니다. 힘센 사람 앞에서 마음에 없는 거짓말을 일삼는 사람이 되는 것이지요. 따라서 아이들이 거짓말하지 않게 하는 길은 부모나 선생님들이 아이들 가슴에 무섬을 심어 주지 않는 것입니다.

좋은 거짓말도 있습니다. 엄마와 아빠, 선생님들이 틈나는 대로 들려주는 옛이야기들은 거의 거짓말에 바탕을 두고 있습니다.

예를 들어 '호랑이가 담배 피우던' 때가 어디 있으며, '토끼가 용궁에 가는' 일이 가당키나 합니까. 산 너머 사는 혹부리 할아버지 혹에 예쁜 노래가 가득 차 있을 거라고 믿는 도깨비들도 없기는 마찬가지겠지요. 그래도 이런 이야기들은 아이들 상상력을 북돋고, 그렇게 싹트고 자란 상상력은 나중에 창의력으로 이어집니다.

'있는 것을 없다고 하거나, 없는 것을 있다.'고 하는 것이 '거짓말'이라고 우리는 배웁니다. 그러나 아이든 어른이든 이 거짓말을 '참'으로 여기는 순간이 있습니다. 먹을 것도 입을 것도 잠자리도 없는 사람들은 자기 존재도 없다고 여깁니다. 말하자면 '없는 것이 있는 것'이죠. '있을 것이 없으면, 없는 것이 있게' 됩니다. 좋은 세상이 되려면 먹고 살 것도 있어야 하고 자유, 평등, 평화, 협동, 우애 같은 것도 있어야 하는데, 이런 행복한 세상에 대한 전망이 없으면 사람들은 없는 것이 있다고 믿습니다.

거짓 없는 세상이 바람직한 세상이라고 해서 '없는 것이 있다.'고 '있는 것이 없다.'고 외치는 사람들 입에 재갈을 물려서는 안 됩니다. 또 우리 아이들이 없는 것을 상상 속에서 있는 것으로 꾸미는 즐거움을 누리지 못하게 해서도 안 됩니다.

'있을 것은 없고, 없을 것만 있는 세상'은 '있는 것은 없고, 없는 것만 있는 거짓 세상'이나 마찬가지입니다.

살아 있는 것은 모두 고유명사다

토끼에는 집토끼도 있고 산토끼도 있습니다. 다섯 살 난 나무네 집토끼는 모두 여섯 마리입니다. 그 가운데 세 마리는 털이 잿빛이고 나머지 세 마리는 털이 하얗습니다.

잿빛 토끼 가운데 한 마리는 한쪽 귀가 앞으로 꺾여 있습니다. 왼쪽 귀가 그런데, 그래서 그런지 좀 굼뜹니다. 걷는 것도 그렇고 먹는 것도 그렇습니다.

위에서 한 말을 한눈에 볼 수 있게 추스르면 이렇게 됩니다.

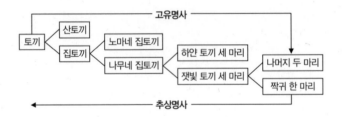

왼쪽에서 오른쪽으로 옮아가는 맨 끝에 이 세상에서 오직 한 마리뿐인 토끼가 있습니다. 이 길을 우리는 '고유명사'에 이르는 길이라고 부릅니다.

거꾸로 맨 오른쪽 끝에서 가장 왼쪽으로 가는 길을 '추상명사'로 가는 길이라고 부릅니다. 맨 왼쪽에 있는 토끼는 반드시 살아 있는 것이라고 할 수 없습니다. 그 토끼는 그림 속에 나올 수도 있고 이야기 속에만 나올 수도 있습니다.

아이들도 마찬가지입니다. 같은 엄마 배에서 태어난 아이지만 이 아이 다르고 저 아이 다릅니다. 다시 토끼 이야기로 돌아가서, 한쪽 귀가 앞으로 꺾여 있는 나무네 집 잿빛 토끼가 어디에 사는지 아는 사람이 누구일까요? 이 토끼가 언제 태어났는지, 무슨 풀을 좋아하는지, 왜 짝귀가 되었는지, 왜 굼뜬지, 눈색깔이 어떤지, 누구를 따르는지, 무엇을 무서워하는지 아는 이는 또 누구일까요?

아마 하느님도 모를 겁니다. 노벨상을 스무 개 넘게 받을 만큼 뛰어난 과학자도, 족집게 점쟁이도 모르기는 마찬가지일 것입니다. 나무네 엄마 아빠도 모르겠지요. 그 가운데 가장 잘 아는 사람은 나무일 텐데, 토끼를 자주 들여다보는 나무도 이 토끼에 대해서 아는 것보다는 모르는 게 더 많겠지요.

아이들도 그렇습니다. 저마다 달리 태어나고, 저마다 재주도 좋아하는 것도 달라서 배우고 가르칠 것도 다릅니다. 이 아이들을 제대로 가르쳐 스스로 제 앞가림을 하고 서로 도우면서 살길을 일러 주려면 어떻게 해야 할까요?

옛 어른들은 아이들을 집이나 학교 울타리 안에 가두어 기르지 않았습니다. 자연의 품에 맡겼습니다. 그에 더해 온 마을이 버금 선생으로 나섰고 한두 살 더 먹은 언니들도 거들었지요. 이렇게 배우고 자란 아이들 가운데 일등도 꼴찌도 없었고

네가 거들어 내가 살고,
내가 있어 네가 힘을 얻는
그런 세상을 열어 줄 길은 없을까?

저마다 마을 살림에 한몫을 거드는 일꾼으로 자랐습니다.

살아 있는 것은 모두 고유명사입니다. 저마다 이 우주에서 하나밖에 없는 생명체지요. 이 소중한 목숨들이 미처 꽃도 피기 전에 어른들 잘못으로 뿌리 뽑히거나 시들어 가는 모습이 여기저기서 보입니다.

저마다 달리 살되 그 삶이 다른 이들에게 그늘을 드리우지 않고, 네가 거들어 내가 살고, 내가 살고 있어 네가 힘을 얻는 그런 세상을 열어 줄 길은 없을까요?

으뜸 '현대사 교과서'

'노근리 사건'을 들어 보신 적이 있나요? 신문에도 나고 방송을 한 적도 있으니까요. 기억이 가물가물하실지도 모르겠습니다.

아직 끝나지 않은 전쟁인 '6·25 전쟁'을 생각하며 저는 이 나라 모든 학부모, 청소년들한테 '노근리 이야기'가 담긴 이 책을 읽어 보라고 두 손 모아 부탁드리고 싶습니다.

1부, 2부 두 권으로 된 이 책은 쪽수가 합해서 천 쪽이 넘습니다. 값도 만만치 않습니다. 《노근리 이야기 1부 – 그 여름날의 기억》은 삼만 원, 《노근리 이야기 2부 – 끝나지 않은 전쟁》은 이만오천 원이니까요.

하지만 읽고 나면 이보다 더 값지고 값싼 책은 다시없을 거라는 마음이 절로 생길 겁니다. 저는 책을 보고 난 뒤에 너무나 가슴이 먹먹해서 인연을 맺고 있는 오십 명 가까운 둘레 분들께 선물로 사 드리기도 했습니다.

혹시 '그래픽 노블(Graphic Novel)'이라는 낯선 영어 낱말을 들어 보셨는지요. 우리 말로 바꾸면 '그림 소설'쯤 될까요? 이 책은 얼핏 보면 그래픽 노블 같습니다. 원작자가 있고, 그린 이가 따로 있는 만화책이니까요.

이 만화책은 노근리 사건에 얽힌 이야기를 다루고 있습니다. 이 사건은 '반세기 동안이나 역사의 뒤안길에 묻혀 있던 슬픈 기억이자 아픈 상처'였습니다. 하지만 죽지 않고 살아남은 사람들이 앞장서서 불굴의 의지로 애쓴 끝에 그 실체가 세상에 드러났고, 끈질긴 노력 끝에 1994년 2월, 대한민국 국회에서 노근리 특별법도 제정되었습니다. 이제는 인권과 평화의 대명사가 되었다고 평가받고 있습니다.

저는 학부모와 청소년들이 6·25 전쟁을 바로 알아야 한다고 봅니다. 외국 군인들을 불러들여 부모와 형제들 가슴에 총칼을 들이댄 이 참혹하고 부끄러운 전쟁이 우리 나라 현대사를 제대로 꿰뚫어 보는 데 돌쩌귀가 된다고 보기 때문이지요. 이 전쟁의 벌거벗은 맨살이 〈노근리 이야기〉 속에서 드러납니다. 또 왜 아직도 끝나지 않은 전쟁인지, 이 순간까지도 남녘과 북녘을 동시에 옥죄는 사슬인지가 한눈에 들어옵니다.

〈노근리 이야기〉를 그린 만화가 박건웅 씨는 나라 안보다 밖에서 더 눈길을 끄는 작가입니다. 이미 《꽃》과 《그 여름날의 기억》이 프랑스, 이탈리아를 비롯한 여러 나라에서 번역되어 좋은 평가를 받고 있습니다.

저는 《끝나지 않은 전쟁》까지 번역된다면 세계는 가장 뛰어난 그래픽 노블 작가를 얻게 되리라고 믿습니다. 틀림없이 그럴 겁니다.

우리 아이들한테 평화와 인권이 소중함을 일깨워 주는 데 이보다 더 나은 현대사 교과서를 저는 아직 찾지 못했습니다. 이 책이 공공 도서관과 학교 도서관마다 꽂히게 되면 더 바랄 나위가 없겠습니다.

"오랜 시간 잊힌 전쟁의 아픈 기억을 딛고 정의와 진실의 힘을 일깨워 준 노근리 사건 유족 여러분들에게 이 만화를 바친다."는 작가의 글 속에 이런 말도 함께 있네요.

"좋은 전쟁보다 나쁜 평화가 낫다."

글 없는 그림책

보리출판사가 낸 책 가운데 〈꼬마 밤송이 뽀알루의 모험〉(모두 7권)이 있습니다. 글 없는 그림책입니다. 이 책은 취학 전 아이들이나 초등학생, 학부모들이 모두 좋아합니다.

여간해서는 외국에서 나온 책을 내지 않는 보리출판사가 이 책을 펴낸 데에는 특별한 까닭이 있습니다. 다 알다시피 우리 나라 제도 교육은 정답이 하나뿐인 시험문제 내기를 일삼아 왔습니다. 그 결과로 아이들은 나이가 들고 학년이 올라갈수록 헤어날 수 없는 '정답병'에 빠지게 됩니다. 모든 창조력과 비판력을 깡그리 없애 버리는 무서운 병이지요.

이 병에서 벗어나려면 어려서부터 좋은 책을 읽어야 하는데 공공 도서관, 마을 도서관, 학교 도서관을 둘러보면 상상력과 창조력을 북돋는 책들이 생각처럼 많지 않습니다.

'글 없는 그림책'은 아이들의 상상력과 창조력을 북돋아 주는 데 더할 나위 없이 좋은 영향을 미칩니다. 그림을 따라가면서 아이들은 저마다 다른 이야기들을 마음속에서 떠올립니다. 이 아이들이 펼쳐 내는 상상 속 이야기들을 듣다 보면 선생님과 학부모들은 모두 깜짝 놀라게 됩니다.

스스로 꾸며 내는 이야기를 입 밖에 내는 아이들은 저절로 표현력을 기르게 됩니다. 그것을 글로 옮기도록 이끌면 아이들은 저마다 독창적인 글쓰기를 하게 되지요. 아이들의 건강한 감수성이 자연스럽게 드러나는 이런 글쓰기는 좋은 글을 많이 읽는다고 해서 하루아침에 이루어질 수 없습니다. 그러나 〈꼬마 밤송이 뽀알루의 모험〉 같은 건강한 그림책은 이 과정을 훌쩍 앞당길 수 있습니다.

호기심 많은 장난꾸러기 뽀알루는 아침이 되면 새로운 세상으로 모험을 떠납니다. 배낭 속에는 엄마 사진을 챙겨 가지요. 여러 가지 신기한 일을 겪고 위험에 빠지기도 하지만, 어려움을 겪을 때마다 엄마 사진을 꺼내 보고 힘을 얻어 이겨 냅니다. 그리고 엄마 아빠가 기다리는 집으로 돌아와 저녁을 먹고 행복한 꿈을 꾸지요.

이 '글 없는 그림책'을 그린 분들은 생태와 자연에 각별한 관심을 지니고 있습니다. 그래서 아이들이 뽀알루의 모험에 동참하는 동안 자연스럽게 건강한 상상력과 감수성이 샘솟도록 이끕니다. 책을 한 권 한 권 들추어 보는 아이들이 서로 다른 생각들을 펼쳐 보이는 모습은 곁에서 지켜보기에도 즐겁습니다.

유치원에 다니는 아이들, 초등학생들, 그리고 그림책을 좋아하는 교사나 부모님들이 꼭 한번 보았으면, 우리 나라에서도 프랑스에서 나온 이 책에 버금할 '글 없는 그림책'이 많이 나올 수 있으면 참 좋겠습니다.

아이들 삶을 가꾸는 글쓰기

이호철 선생님이 쓴 책《이호철의 갈래별 글쓰기 교육》을 받아 보고 큰 감동을 받았습니다. 초등 선생님들 가운데 이호철 선생님을 모르는 분들은 그리 많지 않을 테지요? 서른다섯 해가 넘게 아이들 삶을 가꾸는 글쓰기 교육을 몸소 실천하면서 초등교육에 꼭 필요한 책을 여러 권 묶어 내신 분이지요.

《살아 있는 교실》《살아 있는 글쓰기》《살아 있는 그림 그리기》《재미있는 숙제, 신나는 아이들》《엄마 아빠, 나 정말 상처받았어!》《감동을 주는 부모 되기》 같은 책들은 이미 아이들 교육에 관심 있는 선생님이나 학부모들 책꽂이에 소중한 자산으로 꽂혀 있습니다.

저는 처음에 팔백 쪽이 넘는 이 책을 드는 순간 너무 두꺼워서 읽을 엄두를 못 냈습니다. 그러나 한 쪽 한 쪽 들추어 보는 동안 책 속에 풍덩 빠지고 말았습니다. 이호철 선생님의 지도에 따라 참삶을 가꾸는 아이들의 얼굴이 책 갈피갈피마다 생생한 모습으로 드러나 있었으니까요.

이 책은 아이들 글쓰기를 지도하려는 교사들만 보아서는 안 될 책입니다. 우리 아이들은 앞으로 말보다는 글로 제 뜻을 펼칠 일이 더 많은 세상을 맞이하게 될 것입니다. 이 아이들은 살아가면서 여러 갈래의 글을 써서 많은 사람들과 함께 생각과 느낌을 나누고 더불어 도움을 주고받으면서 살아야 합니다.

그러려면 어려서부터 무슨 글을 어떻게 써야 할지를 차례차례 익혀야겠지요. 이호철 선생님은 일기와 시를 비롯하여 설명문과 논설문에 이르기까지 열다섯 갈래의 글쓰기를 이 책 안에 차곡차곡 담아냈습니다.

저는 이 책을 가장 먼저 보아야 할 분들은 학부모들이고, 그 다음에 우리 아이들이라고 생각합니다. 왜냐고요? 이 책에 실려 있는 아이들 글은 하나같이 눈여겨봄 직한 본보기가 되는 글들이니까요. 눈에 번쩍 띄는 좋은 글들이 오백 쪽 넘게 실려 있어서 엄마 아빠와 아이들이 한자리에 앉아 함께 읽어 보는 시간을 갖는 것만으로도 온 식구가 따뜻한 감동과 큰 깨우침을 얻게 될 것입니다.

초등학교 1학년 아이가 쓴 앙증스러운 그림일기부터 6학년 어린이가 쓴 '정류소는 내 몸이다' 같은 의젓한 논설문에 이르기까지 이 책에 담겨 있는 이백 편 가까운 아이들의 글을 읽는 동안에 선생님들도, 엄마 아빠와 우리 아이들도 참삶이란 어떻게 가꿀 수 있는지 자기도 모르게 저절로 깨닫는 시간을 갖게 되리라 믿습니다.

이 책에 나오는 시 한 편 맛볼까요? 이문우라는 3학년 학생이 쓴 시입니다.

꼬추매미

우리 집 추자나무에
꼬추매미가 붙어 있네.
날마다 붙어서
문우 꼬추자지
문우 꼬추자지
하며 놀기네.
고추매미야
우리 집이 너의 집이냐?
그럼 꼬추매미야
날마다 내카
노래 부르며 살자.

(1985년 7월)

'글쓰기 교육에서 아이들에게 보여 주는 예문이 얼마나 중
요한지는 모두 잘 알 것이다.' 이호철 선생님의 말입니다. 깊이
새겨들읍시다.

개똥이 토론회

보리출판사 '개똥이네 놀이터'에서 토론회가 열렸습니다. 초등학교 1학년에서 6학년까지 '개똥이'들 열두 명이 마주 앉아 벌인 이야기 마당이었지요.

처음에 저는 이런 토론회가 제대로 진행될 수 있을까 걱정이 앞섰습니다. 한 반에서 토론회를 열어도 똑똑한 애들 한두 사람이 말을 독차지하고 나머지는 입을 다물고 우두커니 앉아 있기 십상인데, 1학년에서 6학년까지 한 사람도 빠지지 않고 제 주장을 내세울 수 있다는 게 믿어지지 않았기 때문입니다.

그런데 토론은 두 시간 가까이 이어졌습니다. 그리고 저마다 주장이 또렷했습니다. 이것은 그 자리에 모인 '개똥이'들이 다른 아이들에 견주어 뛰어났기 때문에 어쩌다 그렇게 된 것은 아닙니다.

만일 정답이 하나밖에 없는 국정교과서에만 기대어 토론이 벌어졌다면 토론이 제대로 이루어질 수 없었을 것입니다. 정답이 하나뿐인데 그 정답을 맞힌 아이에게 모두 '네 말이 맞다.'고 맞장구를 치는 수밖에, 다른 '틀린 답'을 내세울 수 없기 때문입니다.

토론은 서로 다른 생각을 가진 사람들이 머리를 맞대고 이야기를 나누면서 서로 뜻을 맞추어 가는 자리입니다. 토론이 끝나고 나서도 정답을 찾을 수 없는 경우도 많습니다. 그 과정에서 생각의 차이를 서로 아는 것만으로도 토론의 성과는 충분하다고 봅니다.

아주 드물게 텔레비전 토론 방송을 보는 때가 있는데, 토론이 끝난 뒤에도 의견이 평행선을 긋는 경우가 대부분입니다. 마지막까지 혹시나 하고 지켜보다가 마침내 고개를 절레절레 흔들 때가 많습니다.

'저 자리에 나온 이들은 두 시간 가까운 동안에 무슨 깨우침을 얻을까, 왜 저 자리에서 저렇게 줄기차게 제 이야기만 하면서 상대방 이야기에는 귀를 막고 있을까.'

아마 그 토론 방송을 시청하는 다른 사람들도 거의 비슷한 생각이 드는 게 아닐까 의심이 일어나는 때도 있습니다.

개똥이 토론회에 참가한 열두 명 어린이들이 서로 진지하게 이야기를 나눌 수 있었던 것은 아이들 마음이 활짝 열려 있기 때문이기도 하지만, 토론을 이끌어 가는 개똥이 선생님 덕이기도 하다는 생각을 했습니다. 이번 토론에서 개똥이들과 함께했던 분은 초등학교 교사인데, 이분은 여러 해에 걸쳐 그이가 담임을 맡았던 반에서 토론 수업을 해 왔다고 합니다.

민주 사회의 시민으로 자라려면 '토론 수업'은 꼭 필요합니다. 그런데 저는 이 땅에서 토론 수업을 제대로 하는 선생님이 있다는 것을 이 자리에서 처음 확인했습니다. '토론'도 어렸을 때부터 배우고 익혀야 하겠다는 것을 이 나이에 접어들어서야 겨우 깨달았으니 참 한심한 늙은이라는 부끄러운 생각이 드는 자리였습니다.

활짝 열린 토론을 이끌어 준 개똥이 선생님, 고맙습니다. 그리고 뒤늦게나마 저를 일깨워 준 어린 개똥이들에게도 마음으로 고맙다고 절을 올립니다.

참 기쁘고 고마운 자리였습니다.

공동체의 어린 '독립꾼'들

변산공동체학교 고등부 학생들 이야기입니다. 이 학생들이 스스로 선택해서 수업반과 독립반으로 나뉘어 공부한 때가 있습니다.

교장 선생도 저도 처음에는 독립반을 선택하는 학생이 많지 않으리라고 보았습니다. 독립반은 의식주 문제부터 생활에 필요한 돈까지 스스로 해결해야 하니까요. 그런데 뜻밖에도 독립반을 선택하겠다고 손든 학생이 절반이나 됐습니다.

이 학생들은 이월부터 냉이를 캐서 '문턱없는밥집'에 팔아 돈을 모았습니다. 밭농사, 논농사, 살림집 짓는 일, 그릇 빚고 목공예품 만드는 일, 천연염색 옷감으로 옷 짓는 일, 효소 담을 약초들을 채집하는 일도 독립으로 해야 했습니다. 교육의 궁극 목표인 '스스로 제 앞가림을 하고, 여럿이 함께 도와 사는' 힘을 기르는 데 제 스스로 나선 거지요.

따지고 보면, 나라 단위에서도 식량 자급이 안 되면 독립국 행세를 할 수 없습니다. 어느 나라가 식량을 무기 삼아 '우리 말 들을래, 아니면 굶어 죽을래?' 하고 으를 때, 그 무기에 굴복하지 않을 수 없기 때문입니다. 따라서 식량 자급 운동은 으뜸가는 독립운동이요, 외세의 간섭을 막아 내는 지름길이기도 합니다. 그런 점에서 이 나라 농어민은 수천 년 동안 전통을 이어 온 숨은 독립운동가들인 셈이지요. (농민들이 앞장서지 않은

변혁 운동이 인류 역사에서 성공을 거둔 적이 없다는 것을 눈여겨봄 직합니다.)

독립반 학생들은 '나도 내 살림, 공동 살림을 할 수 있는 살림꾼이다, 살림의 주체다.' 하고 나섰는데, 이 독립 선언은 아주 큰 뜻을 담고 있습니다. 먼저 살림은 혼자서 할 수 있는 일이 아닙니다. 사람끼리만 할 수 있는 일도 아니지요. 다른 생명체와 더불어 살 길을 찾을 때만 살림을 제대로 꾸릴 수 있습니다. 이를테면 곡식이나 채소는 해마다 씨를 뿌려 거두어야만 이듬해 싹 트고 열매 맺습니다. 주곡이 되는 씨앗을 살리고, 채소 종자를 살게 해야만 이듬해 사람도 살아남습니다. 다시 말해서, 모든 생명체가 더불어 살아남을 상생의 길을 찾을 때만 인류에게도 살길이 열립니다.

독립운동은 손에 총칼 드는 사람들 독점물이 아닙니다. 저도 살고 이웃도 살리는 살림꾼이 참된 독립운동가입니다. 그리고 우리 이웃은 사람만이 아닙니다. 4대강에 사는 그 많은 생명체들도, 갯벌에 모여 사는 어패류들도, 농작물들도, 구제역에 걸린 소, 돼지도 다 우리 이웃입니다.

저는 공동체의 이 어린 '독립꾼'들에게, '살림꾼'들에게 거는 기대가 아주 큽니다. 자랑스럽기도 하고요.

아이들을 산들바다로 몰아냅시다

우리는 자연을 떠나서는 살 수 없습니다. 그런데도 사람만이 희망이고, 사람끼리만 어울려 살아도 잘 살 수 있다는 환상이 널리 퍼져 있습니다.

우리가 흙에서 나는 것들에 기대 살고 있다는 것을 부정할 사람은 없겠지요? 그러나 바람은 어떤가요? 우리 코에 바람이 오 분만 드나들지 않아도 우리는 죽은 목숨입니다.

흔히 우리가 '생명'이라고 부르는 한자 말을 우리 말로 바꾸면 '목숨'입니다. 옛 분들은 목으로 드나드는 들숨과 날숨을 합해서 목숨이라고 일렀습니다. 이 목숨은 바람으로 이루어져 있습니다.

우리는 바람을 마시고 삽니다. 바람 속에 섞여 있는 산소를 들이켜서 몸 놀리고 손발 놀립니다. 그런데 이 바람 속에 섞인 산소는 풀과 나무가 내쉬는 날숨입니다. 나무와 풀은 우리가 내쉬는 숨 속에 섞여 있는 이산화탄소를 마시고 자랍니다. 이렇게 나무와 사람은 목숨을 주고받는 사이고 목숨을 나누는 한 식구입니다.

보리출판사가 책 한 권을 만들 때마다 이 책이 나무 한 그루를 베어 낼 가치가 있는지를 고민하는 것은 사람을 위해 목숨 바치는 나무한테 사람은 무엇으로 어떻게 갚아야 하는가를 되돌아보자는 뜻에서입니다.

나무와 사람은
목숨을 주고받는 사이이고
목숨을 나누는 한 식구랍니다.

바람이 하는 일은 사람을 살리는 데 그치지 않습니다. 바람이 없으면 밀, 보리, 쌀, 콩, 옥수수 들도 살 수 없습니다. 우리가 흔히 즐기는 과일들은 벌이나 나비 같은 곤충들이 꽃가루받이를 해서 열매를 맺지만, 우리 밥상에 날마다 오르는 낟알로 이루어진 먹을거리는 모두 바람이 사이에 들어 꽃가루받이를 하기 때문입니다.

이렇게 우리 목숨을 이루고 지켜 주는 것들이 없으면 사람도 자연도 살아남을 수 없습니다.

그런데 지금 도시에서 자라는 아이들은 흙에 대해서, 바람에 대해서 무얼 얼마나 알고 있을까요? 물과 불, 바람과 흙의 소중함을 머리만 굴려서는 알 수 없습니다. 직접 산과 바다, 들판에서 몸으로 겪어 보아야 알 수 있습니다.

몸 놀리고 손발 놀리지 않으면 평생 동안 알 수 없는 것이 자연이 하는 일입니다. 우리 아이들은 사람의 아이이기에 앞서 자연의 아이입니다. 제가 두고두고 입버릇처럼 이야기하는데도 아직도 귀담아듣는 어른들이 드뭅니다.

제발 우리 아이들의 숨통을 틀어막지 마세요. 흙을 디디고 살아야 할 발이 시멘트 바닥만 딛고 살게 내버려 두지 마세요. 바람 속에서 바람과 함께 춤추고 노래할 나이에 손발을 꽁꽁 묶어 놓지 마세요.

아이들이 싫다고 하더라도, 온 세상 어른들이 한데 힘을 모아 우리 아이들을 산과 들로, 햇살과 바람과 물과 흙이 기다리는 곳으로 몰아냅시다. 그래야 아이들 살길이 열리니까요.

아이들을 살리는 게 교육의 궁극 목표라면 온 생명이 거기에 기대 살고 있는 해님에게, 흙님에게, 바람님과 물님에게 우리 아이들을 맡기는 게 너무나 자연스럽지 않나요?

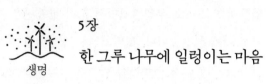

5장

한 그루 나무에 일렁이는 마음

생명

조그마한 씨앗 하나의 행복

지렁이 한 마리, 강아지풀 한 포기만큼도 가치가 없는 바벨 탑들이 으스대고 우쭐거리면서 도시 한복판을 가득 채우고, 서로 어깨를 견줍니다. 팔딱거리는 생명력을 제물 삼아 행복 한 꿈을 악몽으로 바꾸면서 하루가 다르게 하늘로 하늘로 솟 구칩니다. 진달래꽃보다 선연한 피톨들이 쇳가루와 시멘트 가 루로 부스러져 저 바벨탑 구석구석에 아프게 아프게 틀어박혀 있습니다.

저는 사람들이 공중에 매달려 사는 고층 아파트를 볼 때마 다 '저 사람들 사흘만 단전이 되면 온 집안이 똥오줌 범벅이 될 텐데, 30층 꼭대기에 사는 사람은 땅으로 걸어 내려오기도 다 시 걸어 올라가기도 힘들 텐데, 이 일을 어쩐다.' 하는 걱정이 앞섭니다.

아무 일도 하지 않고 펀둥거리면서 흥청망청 사는 새파란 젊은이들을 볼 때마다 '늙은 우리가 하루 종일 땡볕에서 굽은 허리 펴지 못하면서 괭이질, 호미질, 낫질 해 가며 저것들을 먹 여 살려야 하나.' 싶은 생각에 가슴에서 불덩이가 치미는 순간 도 있습니다. 그래서 도시에 얼굴 디미는 게 싫습니다.

그래도 도시에서 할 일이 있으니 어쩔 수 없이 드나들게 됩 니다. 오줌 한 번 누고 물 내리면서 오줌에게도 물에게도 미안 하고, 똥 한 번 싸고 물 내리면서 이 죄를 어찌 갚을꼬 하는 생각에 망연해집니다.

지난주에는 전철 안에서 작은 휴지 조각을 조심스럽게 펼쳐서 새끼손톱보다 더 작은 걸 이리저리 차창에 비추어 보면서 벙긋벙긋 웃는 할머니를 한 분 보았습니다. 웃음이 너무 해맑아서, 혹시 마음이 조금 아픈 분이 아닐까 잠시 생각했습니다. 그런데 그게 아니었습니다. 곁에 무뚝뚝하고 표정 없이 앉아 있는 같은 또래 할아버지에게 말을 거는 걸 보고 알았습니다.

"이거 오동나무 밑에서 주운 거예요. 오동나무 씨래요. 어쩌나 예쁘고 앙증스러운지 몰라요. 한번 보세요."

처음에는 시큰둥하게 마지못해 힐끗 쳐다보고 말던 할아버지도 할머니의 얼굴에 피어 있는 웃음꽃이 참 예쁘다 싶었나 봅니다. 도란도란 이야기 소리가 울리면서 마치 연못에 열매 하나 떨어져 물살이 동그랗게 동그랗게 퍼지듯이, 편안한 기분이 지하철을 조금씩 채우는 게 느껴졌습니다.

조그마한 씨앗 하나의 행복이 바벨탑을 허무는 순간입니다.

누가 누구를 보호한다는 거야?

큰 고목나무 아래 가끔 팻말이 서 있는 것을 볼 수 있습니다. 그 팻말에는 나무의 나이가 얼마쯤이며, 무슨 나무며, 언제부터 보호해 왔는지가 적혀 있고는 합니다.

'사람이 나무를 보호한다? 언제부터 사람이 나무를 보호해 왔지? 썩은 밑둥치에 시멘트를 욱여넣어 더 썩지 않게 만드는 게 그 보호의 흔적인가?'

어린 시절 제가 자란 마을에서는 들머리에 서 있는 당산나무가 그 마을의 '보호수'였습니다. 마을 사람들이 그 나무를 보호해서 보호수인 게 아니라 마을 사람과 마을 전체를 그 나무가 보호해 준다는 뜻에서 보호수였지요.

더 작은 게 더 큰 것을 보호할 수도 더러 있겠으나 그것이 자연현상이나 자연스러운 현상은 아닙니다. 바람이 우리를 보호해서 우리는 그 바람을 들숨으로 들이쉬고 날숨으로 내쉬어 목숨을 이어 갑니다. 물이 우리를 보호해서 우리는 날마다 물을 마셔 몸 안팎 구석구석까지 물기에 젖어 살아갑니다. 우리 몸에서 물기가 사라지면 우리는 죽은 목숨입니다.

불이 우리를 보호해서 우리는 몸을 따뜻하게 하고 어둠 속에서 우리를 먹이로 노리는 짐승들의 위협에서 벗어날 수 있습니다. 땅이 우리를 보호해서 우리는 땅에 발붙여 살고 땅에서 움 돋고 열매 맺는, 그리고 땅에 기대 사는 온갖 생명체를 먹이로 삼아 살아갑니다.

그런데 언제부터인지 우리는 마치 우리가 우리보다 훨씬 더 큰 자연을 보호하는 것처럼, 또 그래야 하는 것처럼 행세합니다. 사실은 대책 없이 물과 공기를 더럽히고 자원을 함부로 써서, 자연뿐만 아니라 우리 삶의 환경을 망치는 지각없는 사람들에 맞서서 자연의 자연스러운 상태를 지켜 낸다는 뜻이겠지요. 그러니까 자연을 보호한다는 말은 조금 더 지각 있는 사람들과 지각없이 자연을 해치는 사람들 사이의 싸움을 과장해서 표현하는 것으로 보아도 될 듯합니다.

우리는 나이 들어 둥치가 썩어 가는 나무에 시멘트를 처바르거나, 죽어 가는 정이품 소나무 같은 것에 수액 주사를 놓아 목숨을 잇도록 하는 어리석은 짓을 해서는 안 됩니다. 모든 생명체에는 자기 치유의 능력이 있습니다. 자연 수명이 다한 나무가 아니라면 아무리 오래 산 나무라도 스스로 껍질에서 생살을 키워서 제 몸에 생긴 썩은 구멍을 메워 냅니다.

적게 먹고, 적게 쓰고, 버리는 것 없이 알뜰하게 살림을 꾸리는 길이 자연을 보호(?)하는 길이고, 우리가 자연에게 보호받는 길이겠지요. 그렇지 않나요?

바람이 앓고 있어요

바람한테 고마움을 느낍니다. 우리 코를 드나들어 목숨을 살리기 때문만은 아닙니다. 바람이 고맙습니다. 단군신화에서 '환웅(해)'이 아래로 내려올 때 왜 비와 구름과 바람을 데리고 왔는지 알 듯합니다.

농사꾼은 하늘만 쳐다보고 삽니다. (아마 그래서 '농심은 천심'이라는 말도 생겼겠지요.) 그 가운데 가장 자주 보는 것은 하늘에 떠 있는 구름입니다. 이 구름이 애써 기르고 있는 남새와 낟알을 살리기도 하고 죽이기도 합니다. 때맞추어 그 구름이 비를 내려 주시면 그 해는 풍년이 들어 살길이 열리고 그러지 않으면 굶어 죽기 십상입니다.

그런데 이 구름에는 발이 없습니다. 스스로는 움직이지 못합니다. 바람이 구름을 날라 옵니다. 밀어 옵니다. 비를 듬뿍 담은 먹장구름도 데려오고, 하늘 높이 깔리는 새털구름도 모아 옵니다. 그래서 바람길이 잘 열리면 살길도 열리고 바람길이 막히면 살길도 막힙니다.

사람한테만 그렇지는 않습니다. 바람이 없으면 땅 위에 움돋고 뛰어다니는 것 어느 하나 살길이 없습니다.

바람은 목으로 들이쉬고 내쉬는 '숨'으로, 다시 말해서 '목숨'으로 제 모습을 드러낼 뿐만 아니라, 꽃 속에 암술과 수술을 마련하여 가루받이를 해 열매를 맺는 온갖 풀과 나무를 살림

바람길이 잘 열리면
살길도 열리고
바람길이 막히면
살길도 막힙니다.

니다. 지난해도 살렸고, 올해도 살리고, 다음다음 해도 살릴 겁니다.

언제부터인지 이 바람이 바뀌고 있습니다. 바람이 앓고 목졸리는 소리가 들립니다. 바람결이 달라졌습니다. 이제 바람이 나르는 것은 단비의 씨가 되는 흙 알갱이만이 아닙니다. 그 안에는 사람 손으로 하늘에 흩뿌리는 몸에 해롭고, 목숨까지 노리는 온갖 화학물질이 가득합니다.

때맞추어 불어오던 바람이 시도 때도 없이 불어 풀을 말리고 땅을 메마르게 합니다. 아닌 때에 먹장구름을 몰고 와서 이곳저곳에 물벼락을 내리기도 하고, 바닷물을 밀어붙여 핵발전소를 휩쓸어 버리기도 합니다.

수억, 수십억 년 동안 '목숨'을 이어 주던 바람이 이제 사람뿐만 아니라 모든 살아 숨 쉬는 것들 목숨을 앗으려 듭니다. 샛바람도, 늦바람도, 하늬바람도, 맞바람도 제 길을 잃었습니다. 얼리던 물을 다시 녹여 큰물로 땅을 잠기게 하고, 해가 갈수록 뜨겁게 달아올라 숨길을 턱턱 막고 있습니다.

왜 이렇게 되었을까요?

저만 잘 살겠다고 지난 이백 년 남짓 모든 생명의 근원인 땅을 속살까지 파헤치고 갈기갈기 찢어 놓은 사람 탓입니다. 우리 탓입니다. '더 빨리, 더 멀리, 더 높이' 뛰겠다는 올림픽 경기식 산업 문명이 바람조차 병들게 했습니다.

바람에 낯을 들 수 없습니다. 바람의 아들딸로 자랄 우리 아이들한테도 낯을 들 수 없습니다. 바람 고마운 줄 모르고 살아온 제 삶이 부끄럽습니다.

이제라도 바람 고마운 줄 아는 사람들이 우리 목숨에 해로운 산업 문명을 휘저어 버릴 새바람을 일으키면 좋겠습니다.

참 부끄러운 일

묻에서 뱃길로 한 시간 반 넘게 떨어진 외딴섬에 웅크리고 지내던 때가 있었습니다. 하루에 한 번 묻으로 나가는 배가 있기는 한데, 풍랑이 일면 뱃길이 끊겨 묻에 꼭 나가야 할 일이 있어도 속절없이 갇혀 지내야 하는 곳이었습니다.

그러다 도시에서 해야만 하는 이런저런 일들이 저를 묻으로 끌어내 별수 없이 뱃길이 더 수월한 섬으로 자리를 옮겼지요. 새로 옮긴 섬마을은 제 한 몸 웅크리기에 제격입니다. 집이 여남은 채에 지나지 않는 작은 마을인데 앞에는 돌이 많은 갯벌이 있고, 가파른 산자락을 타고 내려가는 곳에 비탈진 밭을 옹색하게 일구어 농사를 짓는 아주 가난한 마을입니다. 밭은 물매가 너무 져서 경운기는커녕, 소를 부려 쟁기질하기조차 힘들어 보입니다.

그래서인지 이 마을에는 소도 없고 개 짖는 소리, 닭 우는 소리도 들을 수 없습니다. 돼지 꿀꿀대는 모습도 볼 수 없고요. 처음에는 '왜 집짐승이 하나도 없지?' 하고 의아하게 여겼는데, 여러 달 지나고 나서야 그 까닭을 알았습니다. 너무 가난해서 낟알을 먹어야 하는 짐승을 칠 수 없는 겁니다.

마을 들머리에 제법 큰 너럭바위가 있는데, 그 둘레에 잔돌을 빙 두르고 그 안에 흙을 채워 쪽파를 기르는 게 처음에는 신기해 보였으나 나중에는 그것마저 안쓰럽게 여겨졌습니다.

바깥 어르신들은 괭이로 밭을 일구고, 땅 한 뼘 놀리지 않고 알뜰하게 가꾸고 있었습니다. 그리고 안 어르신들은 추울 때나 더울 때나, 눈비를 맞으면서 갯벌에 나가 바지락을 캡니다. 그 가운데 이녁들 입으로 들어가는 것은 아주 적고, 나머지는 '돈 사려고' 뭍으로 죄다 내보냅니다. 이 죄 없는 마을에, 지닌 것이라고는 몸밖에 없는 제가 밀고 들어간 셈이지요.

농사 경험이 조금 있어 일손을 보태려 해도 땅뙈기가 손바닥만 하니, 거들 데도 없습니다. 가난하지만 마음이 따뜻한 이 어른들 곁에서 며칠을 응석 부리듯이 지내다 도시에 나오면, 눈 둘 곳도 몸 둘 곳도 없는 허둥거림이 가슴을 옥죕니다.

그 가난한 섬마을 사람들이 도시 사람들한테서 받는 것이라고는 고작 이녁들의 삶과는 너무나 동떨어져서 아무 상관없는 텔레비전 연속극 정도일 뿐입니다. 그런데도 날마다 이 가난한 사람들이 꼬부라진 허리를 두드리면서 밥상에 올리는 밥과 반찬을 반의반도 먹지 않고 음식 쓰레기로 버리고도 아무런 죄책감이 없는 괴물들 사이에 저도 끼어 있음을 알고 흠칫 몸을 떠는 순간이 있습니다.

참 부끄러운 일입니다.

'산사람'과 '산사람'

'산사람'이란 말을 들으면 요즘 젊은이들은 대뜸 엄홍길 같은 등산가를 떠올릴 것입니다. 그러나 칠팔십 대 어르신들한 테 떠오르는 '산사람'은 따로 있습니다. '빨치산'이 떠오르기 십상일 겁니다.

'산사람'은 산에 자주 오르는 사람이나 산에 사는 사람이겠는데, 요즈음은 흔히 건강을 지키려고 산에 오릅니다. 등산 모임도 갖가지지요. '역사와 산' 같은 모임처럼 '나라를 지키거나 되살리려고, 조국 분단을 막으려고, 외세에 저항하려고 산에 올랐던 사람들' 발자취를 따라 산에 묻힌 역사를 캐내려는 뜻에서 이 산 저 산 뒤지는 사람들이 있는가 하면, 주말에 답답한 도시 환경을 벗어나 맑은 공기를 마시면서 스트레스를 풀거나 친목을 꾀하려고 산에 오르는 사람도 있습니다.

지금부터 하는 말은 옛날 '산사람'들 이야기를 많이 들은, 일흔 넘은 할배가 하는 넋두리일지도 모릅니다.

제주도에 있는 오름은 요즈음에는 거의가 민둥산이지만 옛날에는 아니었답니다. 제주 4·3 항쟁이 일어나고 나서 통일 정부를 요구했던 많은 제주도민들이 '좌익 빨갱이'로 몰려 뭍에서 올라온 군경들 총알받이가 된 적이 있다더군요.

그때 '산사람(빨치산)'이 몸을 숨길 곳이 없게 산골짜기에 있는 집들을 모두 불태우고, 한라산 나무들까지 깡그리 태워 버려 새들도 둥지를 틀 수 없고 노루도 발 둘 곳 없는 민둥산으로 바꾸어 놓았다고 해요.

제주도에서만 일어났던 일이 아니지요. 거의 비슷한 일이 설악산, 지리산, 그 밖에 크고 작은 온갖 산에서 벌어졌다고 합니다. 산을 '산사람'이 숨을 곳이라 하여 매몰차게 불태우고 아름드리 나무들 죄다 베어 넘기는 바람에 오십 년 전에는 이 땅에 있는 거의 모든 산이 벌거숭이가 되다시피 했다더군요.

숲이 없으면 사람이 숨을 곳만 없어지는 게 아니라 숲에 기대서 살던 많은 생명체들이 살아갈 보금자리도 함께 없어집니다. 이 땅에서 호랑이도, 여우도, 늑대도 찾아볼 수 없는 것은 그때 그 사람들이 벌인 그 몹쓸 짓 때문이었다고 지적하는 분들도 있습니다. 숲이 사라지면 산에 오르고 싶은 사람도 없을 것입니다. 자연이 오랜 세월에 걸쳐 그나마 되돌려 놓은 우리 산을 다시는 민둥산으로 만드는 일이 없으면 좋겠습니다. (산에 오르기 전, 산에 얽힌 이 아픈 역사 앞에 두 손 모으고 경건한 마음을 지닐 수 있으면 좋겠어요.)

자연을 망치는 일은 나라를 망치는 일입니다. 우리 나라같이 자연 자원, 생명 자원밖에 가진 자원이 없는 나라에서는 더 그렇습니다.

굽은 길, 곧은 길

꼬불꼬불한 길이 있습니다. 비좁은 길입니다. 골목길도 그렇고 고샅길도 그렇습니다. 달동네 길들도 마찬가지입니다. 사람만 다니는 길입니다. 차는 못 들어옵니다.

이 꼬불꼬불하고 비좁은 고샅길이나 골목길에서 아이들이 놉니다. 딱지치기도 하고 공기놀이도 하고 술래잡기나 숨바꼭질도 합니다. 마주 오는 사람들이 어깨를 툭 칩니다.

"밥 먹었는가?"

"아, 예. 잘 주무셨어요?"

낯익은 얼굴들입니다. 한마을을 이루고 사는 사람들의 살림 형편은 모두 고만고만합니다.

좁은 길은 안으로 열린 길입니다. 이 길은 너도나도 이웃집으로 열려 있습니다. 서로 돕지 않으면 살 수 없는 사람들이 이 길을 사이에 두고 옹기종기 모여 삽니다.

툭 트인 길이 있습니다. 곧게 뻗어 있는 넓은 길입니다. 빌딩과 빌딩을 나누고 한데 붙어 있던 논과 밭을 두 동강 내고, 덩달아 그 땅에서 농사짓던 사람들의 가슴까지 갈라놓는 길입니다. 이 길은 사람이 걸어서 다닐 수 없는 길입니다. 아이들이 마음 놓고 놀 수도 없는 길입니다. 밖으로 열린 이 길은 '서울 사람'들이 오가는 길이고 '서울'로 '서울'로 온갖 물건을 나르는 길입니다.

사람도 물건이 되어
사고팔 수 있는 일손으로
이 길을 따라 '서울'로
실려 갑니다.

사람도 예외는 아닙니다. 사람도 물건이 되어, 사고팔 수 있는 일손으로 이 길을 따라 '서울'로 실려 갑니다.

우리 동네도 길 넓히고 새로 닦는 공사가 한창입니다. 길 넓히는 일은 '정부'에서 합니다. '나라님'이 하는 일입니다. 이 나라님 밑에서 일하는 사람들은 길을 넓히고 곧게 만드는 데 관심이 많습니다.

그러나 공사에 관심이 많은 나라님은 어려운 사람들 살림에는 큰 관심이 없습니다. 직접 논밭을 둘러보고 마을 형편을 살피는 대신 지도를 펴 놓고 직선을 긋습니다. 그다음에는 그 땅을 '수용'하면 됩니다. 마을은 두 동강 나고, 논밭은 갈라져 자투리땅이 되어 버립니다. 사람과 사람을 이어 주던 길, 안으로 열린 길은 모두 막다른 골목이 되어 버립니다. 힘없는 사람들과 그 가운데서도 더 힘없는 아이들은 이 막다른 골목에 몰려넣을 놓습니다.

우리가 사는 곳은 산과 들과 바다가 어우러져 살기 좋은 마을로 이름났던 곳입니다. 이제는 아닙니다. 관광지로 탈바꿈한 우리 마을로 때도 철도 없이 '서울 사람'들이 좋은 차 타고 씽씽 달려옵니다. 그 '자가용족'들한테는 직선으로 뻗은 넓은 길이 좋습니다. 빨리 와서 경치도 구경하고, 시골 인심이 마련한 값싼 먹을거리를 트렁크에 가득 싣고 '서울'로 가면 됩니다.

길 건너에 벼가 익어 가는 우리 논이 있는데, 이랑과 고랑이 물결처럼 펼쳐진 우리 밭이 있는데, 한참을 기다려도 길을 건널 수 없습니다.

　밖으로 열린 길이 이것저것 다 앗아 가는 바람에 안으로 열린 길도 하나둘 자취를 감춥니다. '시골'에서나 '서울'에서나 힘없는 사람들은 살길도 없습니다.

돈 없이도 살 수 있는 마지막 삶터

가난은 대체로 일찍 철들게 하고 철나게 합니다. 시골에서 겪는 가난은 더 그렇습니다.

'자식을 낳으면 서울로 보내고 말을 낳으면 제주도로 보내라.'는 말을 곧이곧대로 믿고 논밭 팔고 집 팔아 서울로 온 지 한 해 만에 자식 여섯을 잃고, 나머지 자식들이라도 살리겠다고 다시 시골로 돌아온 부모 밑에서 저는 가난을 지긋지긋하게 맛보았습니다.

나머지 자식들을 까막눈으로 길러야 살아남게 할 수 있겠다는 아버지의 뜻이 너무 굳어서 저는 네 해 동안 학교도 다니지 못하고 농사일을 거들면서 자연의 아이로 자랐습니다. 6·25전쟁 뒤로 거푸 흉년이 들어서 왕겨도 갈아 먹고, 수수 껍질도 갈아 먹고, 소나무 속껍질로 배를 채우기도 했습니다. 보리 풋바숨에 말린 쑥을 버무려 찐 쑥버무리도 어쩌다 먹을 수 있는 귀한 음식이었습니다. 자연이 베풀어 주는 것이 아니었다면 꼼짝없이 굶어 죽었을 것입니다.

봄에는 삘기와 찔레 순으로 허기를 달래고, 여름에는 피라미랑 모래무지로, 가을에는 메뚜기 한겨울에는 참새를 잡아 주린 배를 채웠습니다. 시골에서 자라는 아이들은 이렇게 한 철 한 철 접어들면서 철이 들고, 한 철 한 철 나면서 철이 납니다. 자연 속에서 몸 놀리고 손발 놀려 스스로 제 앞가림을 하는 힘을 키워 갑니다.

그러나 도시에서 자라는 아이들은 철을 모릅니다. 제철 음식도 모릅니다. 그러니 스스로 제 앞가림을 하기 힘듭니다. 어떤 사람은 나이 스물이 넘어도 제 앞가림을 못해 부모한테 기대 삽니다.

철없는 아이를 철들게 하는 가장 큰 가르침은 자연이 베풉니다. 그러나 시골에 살아도 살림이 넉넉한 집에서 자라는 아이들은 철이 더디 납니다. 하루 세끼 꼬박꼬박 챙겨 먹을 수 있는 집에서 아쉬울 것이 없이 크는 아이들은 가난한 집 아이들과 어울려서 산과 들, 바닷가를 쏘다니면서 제 손으로 먹을 것을 찾지 않아도 되기 때문입니다.

제 아버지, 어머니가 저한테 베푼 가장 큰 사랑은 가난을 부끄럽게 여기지 않고 혼자서도 살아남을 수 있는 힘을 일찍부터 길러 주었다는 것입니다.

지금 '있는 사람'들은 더 많이 차지하고 '없는 이'들은 더 '없이' 살 수밖에 없는 세상이 되면서 부모들의 자식 걱정은 나날이 커지고 있습니다. 도시에서 아이들을 키울 수밖에 없는 부모들 걱정은 더 큽니다. 빨리 세상이 바뀌었으면 좋겠는데 그럴 낌새는 아직 보이지 않습니다.

이럴 때 저는 논밭 팔고 집 팔아서 서울로 삶터를 옮겼다가 된맛을 보고, 빈손으로 다시 자연으로 돌아온 우리 부모 생각을 합니다. 어머니는 까막눈이었고 아버지도 신교육을 받지 못한 분이었지만, 이분들의 판단은 옳았습니다. 물려받은 것이라고는 제 몸뚱이 하나밖에 없는 '미물'들도 다 살아남는데 사람 새끼로 태어나서 '산 입에 거미줄 치랴.'는 속담에 기대 저희들을 자연의 품에 맡긴 부모 덕에 저는 같은 또래보다 조금 일찍 철이 든 셈입니다.

자연은, 그리고 그 자연이 둘러싸고 있는 시골은 돈 없이도 살 수 있는 마지막 삶터입니다. 이제라도 늦지 않았습니다.

비무장지대에 평화마을 가꾸기

얼마 전에 민통선(민간인 통제구역) 안을 둘러보고 왔습니다. 한국수자원공사가 댐을 막으면서 수용한 땅이 자그마치 25만 평쯤 된다고 합니다. 연천군 만의 경우입니다. 임진강이 휘감아 도는 곳이라서 청정 지역인데 일손이 모자라다 보니, 논밭을 유기농법으로 건사하지 못해 더러 농약, 제초제, 화학비료를 써서 농작물을 기른 사례가 있었던가 봅니다. 그래서 올해부터는 그 너른 땅에 경작 금지 지침이 내려졌다 합니다. 그곳에서 겨우겨우 농사를 지어 입에 풀칠하던 가난한 농가들의 한숨이 곳곳에 서려 있는 듯했습니다.

동에서 서로 펼쳐져 있는 이런 땅을 모두 보태면 수백만 평에 이를 텐데, 이 놀고 있는 땅 곳곳에 평화마을을 세워 생태 환경을 해치지 않는 유기농가들을 집단 이주시키면 얼마나 좋을까요.

그러려면 꼼꼼히 계획을 세워야겠지요. 연천군을 본보기로 25만 평의 땅을 친환경 유기농법을 가르치는 실습지로 삼으면 어떨까 하는 생각도 해 보았습니다. 그렇지 않아도 전에, 비무장지대 안에 평화마을을 세워 남녘과 북녘의 젊은이들이 한데 모여 오순도순 살길을 열어 보자고 이야기했던 대통령이 있기도 합니다.

민통선은 비무장지대에 잇닿아 있으나 민간인이 아예 못 들어가는 곳은 아닙니다.

비무장지대에 평화마을을 가꾸려면 먼저 민통선 안에 평화 마을을 세우는 게 바람직합니다. 이것은 남과 북이 밀고 당기는 오랜 협의 과정을 거치지 않고도 남녘만의 힘으로 이룰 수 있는 일입니다. 이 계획이 잘 세워지기만 하면 도시에서 일자리를 찾지 못하는 젊은이들에게 일자리를 마련해 주고 몸에 좋은 먹을거리를 생산해서 너도 좋고 나도 좋은 알찬 살림터를 열 수 있습니다.

전쟁이 없을 때 군인들이 농사를 지어 자급자족할 수 있는 '둔전제도'를 역사상 처음 세운 사람은 조조였습니다. (우리가 《삼국지연의》를 통해서 잘 알고 있는 밉상인 그 조조요. 이 나라에서는 유비를 높이 치고 조조를 싫어하는 사람이 많다고 하지만, 정작 중국에서는 유비보다 조조를 더 뛰어난 사람으로 친다네요.) 전쟁이 없을 때 군대를 오래 놀리면 몸도 마음도 썩을 수밖에 없다고 합니다. 따라서 둔전제도의 목적은 다만 식량 자급을 위한 방편만은 아니었다고 봅니다.

농촌은 마음의 평화가 깃을 내릴 수 있는 거의 유일한 곳입니다. 다른 생명체들과 함께 살 수 있는 마을 공동체가 많이 들어설수록 이 땅에 평화는 그만큼 깊이깊이 뿌리를 내릴 수 있겠지요.

저는 임진강 유역의 버려지는 땅을 보면서 바로 이곳이 '민관군'이 서로 도와 평화로운 마을을 이룰 수 있는 본보기가 될 수도 있겠다 싶었습니다.

　농사철이 오기 전에 뜻있는 이들이 머리를 맞대고 이 땅을 어떻게 살릴지, 일자리 없는 우리 젊은이들이 '분노'와 '증오'에 사로잡혀 몸과 마음을 망가뜨리지 않고 '평화'를 일구는 일꾼으로 어떻게 거듭날 수 있을지 함께 살길을 열어 가면 참 좋겠습니다.

네 가지 큰 것 '물, 불, 바람, 흙'

물, 불, 바람, 흙은 옛날부터 '네 가지 큰 것(四大)'으로 알려져 있습니다. 그리스에서나 인도에서나 이 큰 것들은 우주와 지구, 그리고 우리 몸을 이루는 바탕이 되는 물질이었습니다.

지금도 마찬가지입니다. 이를테면 바람이 없으면 우리는 숨을 쉴 수 없습니다. 목으로 드나들어서 '목숨'인 바람에서 옛 그리스 사람들은 세상을 떠도는 죽은 이들의 숨결, 넋을 보기도 했습니다.

우리는 물 없이, 불 없이, 바람 없이, 흙 없이 살 수 없습니다. 이 네 가지는 사람이 땅에 발붙이고 살게 된 뒤로 사람한테 가장 큰 궁금증을 불러일으키는 상상의 샘물이기도 했습니다.

우리와 가장 가까이 있고, 우리를 살리는, 우리보다 더 크고 고마운 것들은 자연스럽게 우러러보게 되는 대상일 뿐만 아니라 건강한 상상력을 불러일으키는 불씨가 되기도 합니다. '불은 누가 어디서 훔쳐 와 우리한테 가져다주었을까.' 하는 상상이, 해에서 불씨를 얻어 온 옛이야기나 프로메테우스의 신화를 낳기도 하고, 끝이 보이지 않는 바닷물에서 용궁과 용의 전설을 이끌어 내기도 합니다. 바람이나 땅에 연관된 온갖 신화나 전설이나 유래담도 크게 다르지 않습니다.

그런데 상상력의 가장 큰 원천인 물, 불, 바람, 흙은 요즘 도시에서 자라는 우리 아이들에게는 거의 아무 뜻이 없습니다.

마실 수 없는 수돗물, 더러운 하수도 물, 파헤쳐진 채 썩어 가는 강물, 밤을 환하게 밝힐수록 더 차가워지는 도시의 불빛, 언제든지 방사능으로 우리 목숨을 위협할 수 있는 원자로, 사스와 메르스, 조류독감과 신종 인플루엔자, 살아 있는 탄저균이 득시글거리는 오염된 공기, 어디서나 농약과 제초제로, 미군 부대에서 쏟아부은 온갖 유해물질로 범벅돼 썩어 가는 땅으로만 머릿속에 떠오릅니다.

건강한 상상력이 메말라 버린 머릿속에서 좋은 세상을 열 새로운 창의력이 싹트기를 바랄 수 없습니다. 상상력이 건강해지려면 수십, 수백만 년 동안 우리 실핏줄까지 맑고 깨끗하게 적셔 주고, 우리 몸을 따뜻하게 덥혀 주고, 우리의 숨결에 싱그러운 기운을 북돋아 주고, 우리가 발 디디는 곳마다 온갖 풀과 곡식들이 청정한 모습으로 움트게 해 우리 살림살이를 넉넉하게 해 주었던 네 가지 큰 것 '물, 불, 바람, 흙'의 건강을 되찾아야 합니다.

도시는 이미 돌이킬 수 없는 죽음의 수렁으로 바뀌어 버렸습니다. 미련을 버리고 도시를 떠납시다. 한 해 동안만이라도 시골에서 제대로 된 물과 불, 바람과 흙의 맛을 본 아이와 어른들은 다시는 죽음의 도시로 발길을 돌리지 않을 것입니다.

꽃들은 검은 꿈을 꾼다

2017년 2월 20일 1판 1쇄 펴냄

글쓴이 윤구병
그림 박건웅 | **손글씨** 윤구병

편집 조혜원, 김로미, 박세미, 유문숙, 이경희
디자인 이종희 | **제작** 심준엽
영업·홍보 백봉현, 송추향, 안명선, 양병희, 이옥한, 정영지, 조병범, 조서연, 최민용
경영 지원 임혜정, 전범준, 한선희
인쇄와 제본 (주)상지사P&B

펴낸이 윤구병 | **펴낸 곳** (주)도서출판 보리 | **출판 등록** 1991년 8월 6일 제9-279호
주소 (10881) 경기도 파주시 직지길 492
전화 031-955-3535 | **전송** 031-950-9501
누리집 www.boribook.com | **전자우편** bori@boribook.com

보리는 나무 한 그루를 베어 낼 가치가 있는지 생각하며 책을 만듭니다.

ISBN 978-89-8428-953-6 03810

이 도서의 국립중앙도서관 출판예정도서목록(CIP)은 서지정보유통지원시스템 홈페이지
(http://seoji.nl.go.kr)와 국가자료공동목록시스템(http://www.nl.go.kr/kolisnet)에서
이용하실 수 있습니다.
(CIP제어번호: CIP2017003056)